부영사

LE VICE-CONSUL

by Marguerite DURAS

# 부영사

## 마르그리트 뒤라스

### 최윤 옮김

▲

문학과지성사

**옮긴이 최윤**

1953년 서울에서 태어나 서강대학교 국문과를 졸업하고 프로방스 대학교에서 불문학 박사학위를 받았다. 1988년 계간 『문학과사회』에 「저기 소리 없이 한 점 꽃잎이 지고」를 발표하여 작품 활동을 시작했다. 이후 다수의 소설집과 장편소설을 출간했으며, 최근에는 소설집 『동행』(2020), 장편소설 『파랑대문』(2019), 산문집 『사막아, 사슴아』(2023)를 펴냈다. 1992년 「회색 눈사람」으로 동인문학상을, 1994년 「하나코는 없다」로 이상문학상을, 2000년 「소유의 문법」으로 이효석문학상을 수상했다. 다수의 작품이 영어, 프랑스어, 독일어, 스페인어, 튀르키예어, 일본어, 중국어 등으로 번역되었다.

**문지 스펙트럼 세계 문학**

# 부영사

제1판 제1쇄  2024년 3월 27일

| | |
|---|---|
| 지은이 | 마르그리트 뒤라스 |
| 옮긴이 | 최윤 |
| 펴낸이 | 이광호 |
| 주간 | 이근혜 |
| 편집 | 박지현 |
| 마케팅 | 이가은 최지애 허황 남미리 맹정현 |
| 제작 | 강병석 |
| 펴낸곳 | ㈜**문학과지성사** |
| 등록번호 | 제1993-000098호 |
| 주소 | 04034 서울 마포구 잔다리로7길 18 (서교동 377-20) |
| 전화 | 02) 338-7224 |
| 팩스 | 02) 323-4180(편집)  02) 338-7221(영업) |
| 대표메일 | moonji@moonji.com |
| 저작권 문의 | copyright@moonji.com |
| 홈페이지 | www.moonji.com |

ISBN 978-89-320-4242-8 03860

장 C.를 위하여

# 차례

일러두기

1. 이 책은 Marguerite Duras의 *Le Vice-Consul*(Éditions Gallimard, 1966)을 우리말로 옮긴 것이다.

2. 인명, 지명 등 고유명사의 외래어 표기는 국립국어원 외래어 표기법에 따랐다. 단 일부 지명의 경우, 작품의 역사적 배경을 고려하여 현재 명칭이 아닌 옛 지명을 사용하였다. (예: 콜카타→캘커타, 뭄바이→봄베이, 타이→시암, 미얀마→버마, 스리랑카→실론 등)

그녀는 걷는다, 피터 모건은 쓴다.

어떻게 하면 되돌아오지 않을 수 있을까? 길을 잃어야 해. 모르겠어. 배우게 되겠지. 나는 길을 잃었다는 걸 알려주는 표시를 원해요. 뒷생각이 없어야 하고, 알고 있는 어떤 것도 더 이상 알아보지 않을 각오가 되어 있어야 하며, 이유를 알 수 없이 수많은 경사지가 사방을 가로지르는 광대하게 펼쳐진 일종의 늪지대, 가장 적의에 차 있는 지평선의 한곳을 향해 그녀의 발걸음을 옮겨야 한다.

그녀는 그렇게 한다. 그녀는 여러 날을 걷고, 경사지를 따르고, 떠나며, 물을 건너고, 곧바로 나아가다가 좀더 멀리 있는 늪지대 쪽으로 발길을 돌린다. 그 늪지대를 가로지르고 또 다른 늪지대를 향해 떠난다.

여전히 톤레사프의 평원, 여전히 그녀는 알아본다.

지평선의 한 점, 당신이 만나게 될 지평선의 그 지점은, 비록 사람들이 그렇게 판단한다 해도, 아마도 가장 적의에 차 있지는 않다는 것을, 사람들이 생각조차 하지 못할 그런

9

곳이라는 것을 배워야 한다.

고개를 숙인 채 그녀는 지평선의 가장 적의에 찬 지점에 이른다, 고개를 숙인 채. 그녀는 진흙 속에서 조개껍질들을 알아본다. 톤레사프의 것들이다.

너를 밀어낸 것이 결국 다음 날 너를 끌어당기도록 끈질 기게 요구해야 해. 이것이 그녀를 내쫓으면서 어머니가 말한, 그녀가 이해했다고 믿은 것이다. 그녀는 끈질기게 요구하고, 그 말을 믿고, 걷고, 절망한다. 나는 아직 너무 어려, 나는 되돌아올 거야. 어머니는 말했다. 만약 네가 되돌아오면, 밥에 독을 넣어 너를 죽여버릴 테다.

고개를 숙인 채 그녀는 걷고 또 걷는다. 그녀의 힘은 거대하다. 굶주림 또한 그녀의 힘만큼 거대하다. 그녀가 톤레사프의 평지로 접어든다. 하늘과 대지가 일직선으로 만나고 어디에도 다다르지 않은 채 그녀는 걷는다. 그녀는 멈추고, 다시 떠난다. 한 그릇의 힘으로 다시 떠난다.

굶주림과 걸음걸음이 톤레사프의 땅 위에 새겨지고, 더 멀리 갈수록 그것은 늘어만 간다. 뿌려진 걸음걸음이 뿌리를 내렸다. 앞으로 나아가는 것은 더 이상 아무 의미가 없다. 잠이 들면 어머니가 몽둥이를 손에 들고 그녀를 바라본다. 내일 동이 트면 떠나버려, 남편도 없이 늙을, 애 밴 애야. 내 의무는 살아남아 우리를 떠날 애들에 대해서지 네가 아니야. 멀리 가버려, 무슨 일이 있어도 다시 돌아와서는 안 돼…… 절대로…… 아주 멀리, 네가 있으리라곤 상상해볼 수도 없을 만큼 아주 멀리 가버려…… 어미에게는 복종해야 해. 그러니 멀리 가버려.

그녀의 아버지는 말했다. 내 기억이 옳다면, '새들의 평원'에 사촌이 하나 있다. 그는 자식도 그리 많지 않으니 아마도 너를 하녀로 쓸 수 있을 거야. 그녀는 아직 방향을 묻지 않는다. 매일 비가 내린다. 하늘은 쉴 새 없이 움직이고, 북쪽으로 달리고 있다. 커다란 호수는 불어난다. 톤레사프의 호수 속으로 나아가는 범선들. 이쪽 호숫가에서는 소나기 뒤 잠시 비치는 햇빛 속에서만 다른 쪽을 볼 수 있을 뿐이다. 하늘과 수면 사이에는 푸른 야자수가 열 지어 있다.

그녀가 떠난 후로 늘 저편 기슭을 보아왔다. 그녀는 한 번도 그쪽에 간 적이 없다. 그녀가 저편 호숫가에 닿는다면, 그때 그녀는 길을 잃기 시작하는 것일까? 아니다. 호수 저편에서 그녀는 그녀가 태어난 이쪽 호숫가를 알아볼 것이기에. 톤레사프의 수면은 고요하고 그 흐름은 눈에 보이지 않으나 흙이 섞인 물은 두려움을 준다.

그녀는 더 이상 호수를 보지 않는다. 그녀는 다시금 수많은 경사지가 사방을 가로지르는, 텅 빈 낯선 늪지대의 광대한 대지 안에 있다. 지금 거기에는 아무도 없다. 움직이는 건 아무것도 없다. 거대하게 펼쳐진 늪지대의 저쪽에서 그녀는 도착한다. 그녀 뒤로는 비가 오면 사라지는, 철제처럼 빛나는 평지가 있다. 그녀는 무언가 살아 움직이는 것이 그곳을 가로지르는 것을 본다.

어느 날 아침, 강이 그녀 앞에 있다. 물을 따라가는 길은 용기가 나고 수월해, 그녀는 자면서 걷는다. 언젠가 아버지가 말했다. 만약 톤레사프만 따라가면 절대 길을 잃지 않을 거야. 이르건 늦건 호수가 기슭에서 찰랑거리는 것을 다시 볼 거야. 이 호수는 민물 바다로, 물고기가 많은 톤레사프의 물 덕분에 이 지방 아이들이 살아남았단다. 그녀는 걷는다. 그녀는 사흘 동안 그녀 앞에 놓인 강을 거슬러 올라가며, 강 끝까지 가면 북쪽, 호수의 북쪽에 닿으리라고 예상한다. 그녀는 호수 앞에서 멈출 것이다. 거기 머무를 것이다. 멈출 때면, 그녀는 넓적한 두 발을, 고무 타이어처럼 무감각한 발바닥을 바라보고, 두 발을 쓰다듬는다. 거기에는 덜 익은 벼, 망고나무, 다발로 열린 바나나 나무가 있다. 그녀는 엿새 동안 걷는다.

그녀는 멈춘다. 강을 만나기 전, 북쪽에 이르기 위해 이 강을 따라 걸은 것보다 더 많이 걷지 않았던가? 그녀는 계속해 강을 따라간다, 아주 가까이 강굽이를 만나고, 때때로 저녁때 헤엄친다. 그녀는 다시 떠나고, 바라본다. 저쪽 기슭의 물소들은 다른 곳에 비해 더 작달막하지 않은가? 그녀는 멈춘다. 배 속의 아이는 점점 더 심하게 움직거린다. 배 속 물고기들의 다툼, 마치 다루기 힘든 아이의 즐거운 듯한 소리

없는 놀이.

그녀는 묻는다. '새들의 평원'으로 가는 방향은? 그녀는 그
방향을 알게 되면 반대쪽으로 가리라 생각한다. 그녀는 길
을 잃을 다른 방법을 찾는다. 북쪽으로 다시 올라가 고향 마
을을 지난다. 그다음은 시암이다. 시암에 닿기 전에 머무른
다. 북쪽에는 더 이상 강이 없고 물을 따르던 습관에서 벗어
날 거야. 시암에 이르기 전 한 장소를 골라 거기 머무를 거
야. 그녀는 남쪽이 바닷속에 녹아 들어가는 것을 본다. 그녀
는 고정된 북쪽을 본다.

아무도 '새들의 평원'으로 가는 길을 모른다. 그녀는 걷는
다. 톤레사프는 북쪽에서 내려오며, 마찬가지로 모든 강줄
기가 그 안으로 흘러든다. 이들 강이 한 단의 머리채로 무리
지어 흐르는 것을 본다. 그리고 이들을 이끄는 선두는 남쪽
을 향하고 있는 것을. 이 머릿단이 모이는 그 끝까지 거슬러
올라가야 한다. 거기서부터 남쪽으로, 자신 앞에 펼쳐진, 모
든 것에 스며들어 있는 고향 마을을 보게 될 것이다. 작달막
한 물소들, 장밋빛으로 물든 돌들, 때때로 논바닥에 있는 돌
더미들이 다르다고 해서 방향이 잘못되었음을 의미하지는
않는다. 그녀는 고향 마을을 맴도는 그녀의 춤이 끝났다고,
그녀가 떠난 건 잘못이었고, 그녀가 첫번째 내디딘 발걸음
은 거짓이었다고 생각하며 혼자 중얼거린다. 지금 나는 정
말 떠난 거야, 나는 북쪽을 선택했지.

그녀가 오해했다. 그녀는 남쪽 끄라바인 산맥에 수원水源을 두고 있는 뽀삿강을 거슬러 올라갔다. 그녀는 지평선 저쪽의 산들을 바라본다, 그녀는 그곳이 시암인지를 묻는다. 사람들은 그 반대라고, 그곳은 캄보디아라고 말한다. 대낮에 그녀는 바나나밭에서 잠이 든다.

굶주림이 극심해져서 산의 생소한 정경은 별로 중요하지 않다. 생소함에 그녀는 잠이 든다. 굶주림은 산에서 그녀를 덮치고, 그녀는 자기 시작한다. 그녀는 잔다. 그녀는 일어난다. 그녀는 걷고, 그녀가 북쪽을 향해 걸었듯 때때로 산맥을 향해 걷는다. 그녀는 잔다.

그녀는 먹을 것을 찾는다. 그녀는 잔다. 그녀는 더 이상 톤레사프에서처럼 걷지 않는다. 그녀는 제자리걸음을 하고, 방향을 바꾼다. 그녀는 한 도시를 돌고, 사람들은 그곳이 뽀삿이라고 말한다. 그녀는 뽀삿을 조금 지나쳐, 비틀거리면서, 그러나 결국은 거의 똑바로, 산맥을 향해 계속 걷는다. 그녀는 결코 톤레사프가 어디 있는지, 어느 방향으로 가야 하는지 묻지 않는다. 그녀는 생각한다. 이 길 위에서, 바로 이 길 위에서, 사람들은 거짓말을 할 것이다.

그녀는 버려진 채석장 앞을 지나고, 그곳에 들어가 잠이 든다. 그곳은 뽀삿 근방이다. 채석장 입구에서 그녀는 지붕을 본다. 한 번, 그녀가 떠난 지 두 달쯤 되었을 때다. 그러

나 지금 그녀는 얼마나 지났는지 알지 못한다. 뽀삿 근방에
는 내쫓긴 아낙들, 늙은이들, 희희낙락 노망한 사람들이 무
수히 많아 그들은 마주치고, 먹을 것을 찾고, 서로 말을 건
네지 않는다. 자연이시여, 나를 먹여 살려주세요. 거기에는
과실들, 진흙, 알록달록한 돌들이 있다. 그녀는 제방 옆에
잠들어 있는 물고기를 잡기 위한 나름의 방법을 아직 터득
하지 못했다. 어머니는 말했다. 먹어, 네 어미를 귀찮게 하
지 마, 먹어, 먹어. 그녀는 낮잠 시간에 오랫동안 찾는다. 평
원이시여, 깨물어 먹을 수 있는 무언가를 주세요. 과실이 있
을 때 그녀는 그것들을 딴다. 야생 바나나, 덜 익은 벼, 망고
를 채석장으로 가져와 먹고, 덜 익은 벼를 씹고, 미지근하
고 달착지근해진 액체를 삼킨다. 그녀는 잔다. 덜 익은 벼,
망고, 필요한 것들이다. 그녀는 잔다. 그녀는 깨어 일어나
앞을 바라본다. 채석장 오른쪽으로, 뽀삿의 고지를 빼놓고
는, 거기 하늘과 땅 사이에, 어린 시절의 지평선이 있다. 그
것 외에 아무것도 볼 수 없다. 모든 것이 그곳에서 우글거림
에도 아무것도 없다. 이곳에 도착하기 전, 그녀는 톤레사프
에 이 정도로 아무것도 없다는 것을 몰랐다. 채석장 왼쪽으
로는 끄라바인 산맥, 하늘에 닿아 있는 나무들, 산악의 땅에
거대하게 입을 벌린 분홍 혹은 흰색의 구멍들이 있다. 소리
는 그쪽에서 들려온다. 사슬 달린 기계들의 소리, 무거운 것
이 떨어지는 소리, 구멍 가까이에서 들려오는 사람들의 외

침. 얼마 동안이나?

그녀 앞으로, 뒤로, 얼마 동안이나 이 끄라바인 산맥은 계속될 것인가? 비 온 후, 진흙 질척거리는 물로 가득한 이 강은? 이 강, 여전히 같은, 그녀를 여기까지 이끌고 온 이 강은?

배가 불룩해진다. 배는 옷을 잡아당기고 매일 그만큼 더 옷이 치켜져 올라가, 무릎을 내놓은 채 그녀는 걷는다. 생소한 주변 경치 속에서 그녀의 뱃가죽은 아주 고운 결을 짓고 있어, 돌들 사이에서 따뜻하고 부드러운 그녀의 배는 굶주린 이빨을 들이밀 음식을 생각나게 한다. 비가 자주 내린다. 비 갠 후 굶주림은 더욱 심해진다. 배 속의 아이는 덜 익은 벼, 망고, 모두를 먹어 치운다. 정말 이상한 점은, 먹을 것이 없는 기간이 점점 길어진다는 것이다.

그녀는 깨어나 나가서, 톤레사프의 북쪽에서 했던 것처럼 채석장 주위를 돌기 시작한다. 길 위에서 그녀는 누군가를 만나고 '새들의 평원'으로 가는 길을 묻는다. 사람들은 그곳을 알지 못하고, 대답해주려 하지 않는다. 그녀는 계속 길을 묻는다. 이 방향은, 매번 대답을 거절당한 뒤에는 그만큼 더 막혀오고, 끝내는 굳어버린다. 그러나 한번은, 한 노인이 대답해준다. '새들의 평원'? 메콩강을 따라가야 해. 아마 그곳일 게야. 그런데 메콩강은 어디 있나요? 톤레사프 호수에 이를 때까지 뽀삿강을 따라 내려가야 해, 그러다 톤레사프에 이르면 거길 따라 내려가야 해. 맞아. 물은 늘 그리고 어디서나 바다로 향하지, 그리고 '새들의 평원'은 바다 근처에 있지. 정말 잘 아시네요, 그런데 뽀삿강을 거슬러 올라가면요? 넘을 수 없는 산 앞에 이르게 될걸. 그러면 산 너머에는 무엇이 있나요? 그곳에 시암만灣이 있다고들 하지. 얘야, 내가 너라면, 나는 신을 최고로 여기는 남쪽으로 갈 거야.

지금 그녀는 톤레사프의 방향을 알고 있고, 그녀의 위치도 알고 있다.

그녀는 뽀삿 근방의 채석장에 머무른다.

그녀는 밖으로 나온다. 외따로 떨어진 초가집 앞에 멈추었을 때 그녀는 쫓겨났다. 마을의 초가집 앞에서가 아니었다. 외딴 마을 초가집 앞에서 웬만큼 떨어져 기다렸을 때도 그녀는 얼마 후 쫓겨났다, 마을에서도 마찬가지였다. 강줄기를 따라 나 있는 대나무 숲에서 그녀는 머물고, 다른 거지들보다 사람들 눈에 띄지 않은 채 마을을 가로지른다. 그녀들은 작은 시장 사이를 교묘히 빠져 다니고, 국밥 장사들과 마주치며, 진열대 위에서 빛을 발하는 돼지고기 덩어리를 바라본다. 그녀들과 함께, 더 가까이에서, 푸른 똥파리 무리도 바라본다. 늙은 여인네에게 혹은 국밥 장사에게 그녀는 매번 한 사발의 밥을 구걸한다. 그녀는 여러 가지 다른 것들도 구걸한다. 밥, 돼지 뼈, 생선, 그것도 썩은 생선을. 썩은 생선 한 마리 주시는 것쯤 당신들에게는 아무것도 아니잖아요? 그녀가 아주 어리므로 때때로 사람들은 그것들을 준다. 그러나 원칙은 거절이다. 안 돼, 내일 또 올 거 아니냐. 혹은 모레, 아니면…… 사람들은 그녀를 바라본다. 안 돼.

채석장, 땅바닥에서 그녀는 자신의 머리카락을 발견한다. 그녀는 잡아당긴다. 그녀의 머리카락은 굵은 다발로 뽑혀 나온다. 그녀는 아픔을 느끼지 않는다. 그것은 머리카락일 뿐이다. 그녀는 배 그리고 굶주림과 함께 그 앞에 있다. 그녀 앞에 놓여 있는 것은 굶주림이다. 그녀는 더 이상 고개조차 들리지 않는다, 대체 길 위에서 그녀가 잃을 것이 무엇이 있겠는가? 다시 자란 그녀의 머리카락은 물오리 보풀과 다름없다. 그녀는 이제 더러운 여승처럼 되었다. 진짜 머리카락은 더 이상 돋아나지 않는다. 머리칼의 뿌리는 뽀삿에서 이미 죽어버렸다.

그녀는 다시 은신처를 찾기 시작한다. 그녀는 글자가 새겨진 경계 표석을, 산 중턱의 분홍의, 녹색의 크게 벌어진 구멍들을 알아본다. 매일 저녁 그녀는 채석장으로 되돌아온다. 그곳은 닫혀 있고, 바닥은 건조하며, 경사지에서보다 모기가 적고, 햇볕이 적게 들어와 바깥을 향해 두 눈을 크게 뜰 수 있을 만큼 그늘이 많다. 그녀는 잠을 잔다.

채석장 안에서 그녀는 빗발이 떨어지는 것을 바라본다. 불규칙한 간격으로 대리석 산에서 무언가가 폭발하고, 까마귀 떼가 하늘로 튀어 오르고, 하루가 멀다고 대나무 다발은 점점 높아지는 뽀삿강 수면에 잠기며, 개들은 으르렁거리지도, 채 멈추지도 않고 지나친다. 그녀가 불러도 그들은 지나친다 — 그녀는 중얼거린다. 나는 음식 냄새조차 나지 않는 소녀야.

그녀는 게운다. 배 속의 애를 토해내려고, 애를 빼내려고 애쓴다. 그러나 나오는 것은 망고의 신물이다. 그녀는 많이 잔다. 그녀는 잠자는 여자가 되었고, 그것은 충분치가 않다. 밤이고 낮이고 배 속의 아이는 계속 그녀를 먹는다. 그녀는 배 속에서 나는 끊임없이 갉아먹는 소리를 듣고 아이가 살 뜯는 것에 귀 기울인다. 아이는 그녀의 넓적다리, 팔, 뺨을 먹어 치운다 — 그녀는 그것들을 찾는다. 톤레사프에 머물 때만 해도 있던 두 뺨의 자리에는 움푹한 구멍만 있을 뿐이다 —, 머리칼의 뿌리, 모두를 먹어 치우고, 아이는 조금씩 조금씩 그녀의 자리를 차지한다. 그러나 아이는 그녀의 굶주림, 그것을 먹어 치우지는 않았다. 쓰리듯 뜨거운 배 속의 불은, 마치 졸릴 때 비치는 벌겋게 달아오른 태양과 같다.

그녀는 눈에 보이지 않는 무언가가 일어나고 있음을, 전보다 앞으로의 일을 잘 볼 수 있음을, 어떤 면에서는 안에서 그녀가 자라고 있음을 알아차린다. 주위를 둘러싼 어둠이 찢기고 날이 밝아온다. 그녀는 알아차린다. 나는 바짝 마른 소녀야, 이 뱃가죽은 팽팽해져 살갗은 금이 가기 시작해, 배는 뼈만 남은 넓적다리 쪽으로 처지는군, 나는 곧 아이를 낳을, 아주 바짝 말라버린 내쫓긴 소녀야.

그녀는 잠잔다. 나는 잠자는 사람이다.

불이 그녀를 깨운다. 그녀의 배는 화염에 타오른다. 그녀가 토해내는 것은 피다. 더 이상 신 망고를 먹지 않고 덜 익은 벼만 먹어야 한다. 그녀는 찾는다. 자연이여, 이 생쥐를 죽일 칼을 다오. 땅 위에는 아무것도 없다, 강바닥의 둥근 조약돌들 외에는. 그녀는 몸을 돌려 자갈 위에 배를 댄다. 들끓던 배 속이 멈추고, 멈추고, 완전히 멎는다. 그녀는 가쁘게 숨을 몰아쉬고, 몸을 일으킨다. 다시 배 속이 들끓기 시작한다.

채석장 입구의 돌 틈 너머로, 뽀삿강은 계속 차오른다.

가장자리까지 물이 가득하다.

누르스름한 물이 넘쳐흐른다. 그 속에 대나무가 잠긴다, 아주 조용히 죽음에 잠긴다. 그녀는 누런 물을 바라다본다. 그녀의 눈이 고정된다, 그녀는 두 눈이 얼굴 위에 못 박힌 듯 고정된 것을 느낀다. 물에 잠긴 대나무를 보지만 더 이상 아무것도 느끼지 못한다, 어떤 강한 힘이 이번에는 굶주림을 이기고 그녀를 뒤덮는다. 어떻게 버려야 할지 찾으리라, 버리는 방법을. 여전히 누런 수면 그리고 물에 잠긴 대나무에 놓인 시선. 마치 굶주림이 거기에서 양식을 발견하기나 한 것처럼. 그러나 그녀는 꿈을 꾼다, 아주 짧은 동안, 다시금 아주 재빨리 굶주림이 되돌아와 짓누른다. 소녀는 자신에게 너무 거대한 굶주림에 눌려 있다. 그녀는 이 굶주림의 파도가 지나치게 강해지리라고 생각한다. 그녀는 소리 지른다. 그녀는 뽀삿강을 더 이상 바라보지 않으려 애쓴다. 아니, 아니, 나는 잊어버리지 않아, 나는 여기 내 두 손이 놓여 있는 곳에 있어.

어부들이 채석장 근처를 지나친다. 그들 중 몇이 그녀를 쳐다본다. 대부분은 뒤돌아보지 않는다. 나와 같이 숲속으로 들어갔던 이웃 사람도 톤레사프의 어부였지, 나는 너무 어려 뭔지 몰라. 그녀는 설익은 것들, 바나나 나무의 가장 부드러운 새순, 아주 어린 순을 먹는다. 그녀는 어부들이 지나가는 것을 바라본다, 그들은 지나가고 다시 지나간다, 그녀는 그들에게 웃어 보인다. 채석장 밖에서 일어나는 일과 그 안에서 일어나는 일, 이쪽의 움직임과 저쪽의 움직임은 달라지기 시작한다. 예를 들어 대리석 파편에 발을 다쳤을 때처럼 사소한 사고를 제외하고는 그녀는 왜 아픈지를 잊는 경향이, 그녀가 애를 뱄기 때문에, 나무로부터, 아주 높은, 나무로부터, 아무런 아픔도 느끼지 않고 떨어져, 애 배는 데까지 이르렀기 때문에 쫓겨났다는 것을 잊어버리는 경향이 있다.

어머니는 말했다. 네가 열네 살, 열일곱 살이라고 우리에게 얘기하지 마, 우리도 그 나이를 지났어. 너희보다는 나아. 입 다물어, 우리는 모든 걸 다 알아. 그녀가 아직도 이

나이를 겪었다고, 잘 안다고 말한다면, 그녀는 거짓말하고 있는 것이다. 뽀삿 근방 하늘 밑 어딘가에 먹을 수 있는 진흙이 있다는 걸 어머니는 알고 있어요? 뽀삿강에서 범람한, 그 광경이 이상하게도 바로 당신들을 사로잡는 그 범람한 흙을? 채석장의 폭발과 까마귀 떼가 폭발하듯 날아오르는 것을 언젠가 나는 당신에게 얘기할 거야, 왜냐하면 나는 당신을 다시 볼 것이고, 나는 당신을 다시 볼 수 있는 나이이고, 그리고 당신과 나, 우리는 아직 살아 있지 않아? 당신 아닌 다른 누구에게 이야기를 하며, 누가 나의 이야기를 들을까, 그리고 지금 내가 당신보다는 당장 부족한 양식을, 그것을 더 바란다는 것에 주의를 기울일 사람이 누가 있을까? 며칠 동안, 몇 주 동안 시시각각 그녀는 있지도 않은 음식을 생각하고 열망한다. 그녀는 그녀를 내쫓은 무지한 여자에게 말하러, 돌아갈 것이다. 나는 당신을 잊어버렸어.

어느 날, 아이의 굶주림이 채석장을 빠져나왔다. 해 질 녘이다. 그녀는 뽀삿의 흔들리는 빛살을 향해 걸어간다. 이 빛살, 그녀는 그것을 오랫동안 보아왔지만 감히 그쪽으로 가볼 엄두를 못 냈다. 그럼에도 그녀가 채석장에 머물기로 작정했다면, 그것은 거기에서부터 이 빛들을 볼 수 있었기 때문이다. 이 빛들. 양식. 이 저녁 아이의 굶주림이 이 빛 위로 덤벼들 것이다.

그녀는 작은 마을의 거리 위에 있다. 그녀는 진열대 앞에 있다. 그녀는 걷는다. 상인은 저만큼 멀어지고, 그녀는 막 소금에 절인 생선 한 마리를 훔쳤다, 그녀는 생선을 옷 속 두 젖가슴 사이에 집어넣는다. 그녀는 채석장으로 되돌아온 다. 뽀삿을 빠져나올 즈음 한 남자가 멈추어서 그녀를 바라 보고 어디서 왔느냐고 묻는다. 그녀는 말한다. 바탐방…… 그녀는 줄달음질하고, 남자는 웃어 젖힌다. 쫓겨났어? 그래. 그녀는 그와 함께 그 배를 보고 웃는다. 그녀는 안심한다. 그가 그녀에게 말을 건 것은 생선 때문이 아니었다, 그는 보 지 못했다.

"바탐방."

세 음절은 동일한 강도로, 높낮이 없는 억양으로, 지나치 게 팽팽히 당겨진 작은 북 위에 울린다. 바타아암바아앙. 남 자는 어디선가 그에 대해 들은 적이 있다고 말한다. 그녀는 도망친다.

바탐방. 그녀는 아무것도 덧붙이지 않는다. 채석장으로 가는 길 위에서 그녀는 생선을 이빨 사이로 밀어 넣는다, 소 금 덩이가 먼지에 섞여 와작 씹힌다. 밤이 오고, 그녀는 채 석장에서 나와 오랫동안 씻어 천천히 먹는다. 침이 괴어오 고, 입안에서 솟구친다. 짜다. 그녀는 운다. 거품을 내뿜는 다. 그녀가 소금을 섭취하지 않은 지는 오래되었다. 너무 짜 다. 지나쳐도 많이 지나치다. 그녀는 쓰러지고, 쓰러진 채, 양식을 계속 먹는다.

그녀는 잠을 잔다. 그녀가 깨어났을 때는 한밤중이다. 그녀는 야릇한 일을 본다. 그녀는 아이가 생선을 먹어버렸음을 알아차린다, 아이는 그것마저 빼앗아갔다. 그녀는 움직이지 않는다. 이 저녁 굶주림은 극에 달할 것이다. 굶주림은 대체 무슨 일을 벌일 작정인가, 그녀가 결코 원하지 않는 어떤 일을? 따뜻한 밥 한 공기를 먹으러 바탐방으로 돌아가고 싶어, 그런 다음 나는 영원히 그곳을 떠날 거야. 그녀는 더운밥을 원한다. 그녀는 원하고, 이 세 마디를 말한다. 더운밥. 아무것도 생기지 않는다. 그녀는 한 줌의 흙가루를 그러모아 입안에 넣는다. 다시 한번 그녀는 깨어난다. 그녀는 입안에 그것을 집어넣었음을 기억하지 못한다. 그녀는 밤의 어둠을 들여다본다. 그녀는 이해할 수가 없다, 흙가루는 거의 더운밥이었다.

그녀는 밤의 어둠을 들여다본다, 그녀는 이해할 수 없다. 두 번이나 깨어난 것은 아이가 태어나기 전 처음 있는 일이리라. 그런 일이 여러 번 있으리라. 일단 그녀가 메콩강을 찾기만 한다면, 그녀는 알아채지도 못한 채 그곳을 떠나리라. 그리고 숲속에서 깨어나리라. 캘커타에서, 아니 캘커타에서는 단 한순간이라도 먹을 것이 먼지와 혼동된 적은 없었다. 일들은 세밀히 구별되었는데, 더 이상 그럴 정신이 없다, 다른 것이 대신 무엇이 일어나는지 구별한다.

한 어부가 채석장으로 들어섰다. 그리고 또 한 명의 어부

가. 그들은 배 속의 애, 이 작은 쥐를 누르며 덤벼든다, 아이
가 빠져나와야 할 것이다. 어부들의 돈으로, 그녀는 여러 번
뽀샷에 간다. 그녀는 쌀을 사고 빈 깡통에 밥을 익힌다. 그
들이 그녀에게 성냥을 준다. 그녀는 더운밥을 먹는다. 아이
는 거의 다 자라 나오기 직전이다. 초기에 겪었던 굶주림은
결코 다시 돌아오지 않으리라.

뽀삿의 빛은 끄라바인 산맥의 자취를 없애고 지평선을, 뽀삿강을 그리고 권양기가 내는 소리를 지우며, 경계하지 않는 이를 잠으로 이끌며, 그를 불안한 꿈으로 채운다, 피터 모건은 쓴다.

그녀는 잠에서 깨어난다. 바라보고 다시 알아보며, 이 빛이 여섯 달 동안 계속될 것임을 안다. 더 이상 산맥도, 지평선의 선도 보이지 않는다. 뱃가죽은, 이 아침, 밑으로 처진다. 그녀는 일어나 채석장에서 나와 새벽빛 속에 멀어져 간다.

요 며칠간 어부들은 그녀에게 진저리를 내고 있었다. 그녀는 이제 거의 대머리가 되어버렸거니와 그녀의 배는 수척한 데 비해 너무 부풀어 올랐기 때문이다.

초기에 겪었던 굶주림은 결코 다시 돌아오지 않으리라, 그녀는 그것을 알고 있다. 아이는 아마도 거의 다 만들어졌을 것이다, 그녀는 그것도 알고 있다. 그들은 헤어진다, 그렇다, 아이는, 준비되어, 그녀를 떠나기 위해, 지금 겨우 약간의 힘만을 기다리면서, 거의 하루 종일 움직이지 않는다.

그녀는 떠난다. 그 일을 해낼 장소, 한 구멍을, 아이가 나올 때 아이를 받아낼, 아이를 완전히 떼어낼 누군가를 찾아 떠난다. 그녀를 쫓아낸, 피곤에 지친 어머니를 찾는다. 어떤 평계로도 되돌아와서는 안 돼. 이 여인, 그녀는 모르고 있었다. 그녀는 모든 것을 알고 있지 않았다. 이 아침, 수만 리 뻗은 산맥도, 우매한 당신을, 순진한 척 당신을 찾아가는 걸 막지 못하리라는 것을. 너무 놀라 당신은 나를 죽이는 일도 잊겠지. 더러운 여인, 모든 것의 원인인 당신, 나는 당신에게 이 아이를 돌려줄 거야. 그리고 당신은 아이를 받겠지. 나는 당신을 향해 아이를 던지고, 영원히 도망칠 거야. 이 새벽빛과 함께 어떤 일들은 마무리될 것이고 다른 일들이 다시 시작되리라. 그러므로 이 탄생을 주관할 이는 그녀의 어머니, 바로 그녀다. 그리고 이 탄생으로부터 그녀, 이 나 어린 소녀는 다시 한번 태어나리라. 새 혹은 꽃 만발한 복숭아나무로?

뽀삿에 있는 모든 여인이 그녀에 앞서 떠나간다. 애들을 만들려고 혹은 잠이라도 자러, 한여름 계절풍의 빛에서 도망할 길을 찾는다.

그녀는 노인이 알려준 방향을 잊지 않았다. 그녀는 뽀삿 강을 거슬러 올라간다. 그녀는 밤에 걷는다. 안개에 싸인 태양을 그녀는 원하지도, 참아낼 수도 없다. 만약 아이를 죽여야 한다면, 방법을 아는 이는 바로 당신이다. 이 빛이 무책임의 또 다른 시작인 어머니를 부른다.

그녀는 걷는다.

그녀는 일주일을 걷는다. 초기에 겪었던 굶주림은 결코 다시 돌아오지 않으리라.

여기, 의심할 여지 없는, 고향의 큰 호수가 있다. 그녀는 멈춘다. 그녀는 겁이 난다. 초가집 문에서부터, 피곤에 지친 어머니는 그녀가 오는 걸 바라볼 것이다. 그녀의 시선 속에 잠겨 있는 피로. 여전히 살아 있다니, 죽었다고 믿고 있던 네가? 가장 극심한 두려움은 바로 이것이다. 되돌아온 딸이 다가오는 걸 바라볼 때의 그녀의 표정.

하루 종일 그녀는 망설인다. 물소 지키는 이의 움막에서, 호숫가에서, 그녀는 멈추어 선 채, 이 시선 아래 남아 있다.

그녀가 그 일을 하는 것은 그다음 날 밤이다. 그녀는 톤레 사프를 거슬러 올라간다. 그래. 그렇다, 그녀는 노인이 알려준 것과는 정반대로 향한다. 그녀는 그것을 해낸다. 아! 그녀의 어머니는 그녀에게 그럴 권리가 있다는 걸 모르는가? 자 그녀는 알게 되리라. 어머니는 손에 회초리를 들고 그녀를 들어오지 못하게 할 것이다. 그녀는 기억을 되살릴 것이다. 그러나 이번만은, 당신이 주의해야 할걸.

그녀를 다시 보고 계절풍 속에서 다시 떠나는 일. 이 아이를 그녀에게 돌려주는 일.

그녀는 하룻밤 내내 그리고 아침나절 내내 걷는다. 논들, 논들 사이를. 하늘은 낮다. 해가 돋자마자 머리는 납덩이처럼 무겁다. 사방이 물이다. 하늘은 너무 낮아 논바닥에 닿을 것만 같다. 그녀는 아무것도 알아보지 않는다. 그녀는 계속한다.

그녀는 점점 더 겁이 난다. 점점 더 길을 서두른다.

그녀는 깨어나 기름진 장이 서는 것을 보고, 그리로 간다. 고향 음식 냄새가 난다. 그녀가 잘못 알아봤을 리는 없다. 그녀는 다가간다.

그녀는 좀더 잘 보기 위해 모퉁이의 초가집 앞에 쪼그리고 앉는다. 그리고 보려고 기다린다. 그녀는 이미 그렇게 해본 적이 있다. 장터의 끝판을 기다리는 일. 그러나 오늘 그녀는 기다리고, 그녀가 기다리는 것을 본다.

장터의 저쪽 끝에서 나타나는 그녀의 부모. 그녀는 그들이 나타나는 것을 참고 견딜 수가 없다. 그녀는 경건하게, 오랫동안, 땅에 엎드려 있다. 그녀가 몸을 일으키자 장터 저쪽 끝에서, 그녀에게 미소 짓는 어머니를 본다.

이것은 아직 광기가 아니다. 그것은 굶주림, 두려움으로 인해 숨겨져 있다가 다시 모습을 드러내는, 기름 낀 고기 살점을 바라보고 국 냄새를 맡는 굶주림, 극도의 쇠약이다. 그것은 어쩌다 표현되는 어머니의 사랑이다. 그녀는 누군가가 그녀에게 향燭과 폭죽을 가리키는 것을 본다. 그녀는 혼자 중얼거리고 하늘에 감사한다. 장터는 그녀의 눈앞에서 취할 듯한 속도로 돈다.

이렇게 즐거울 수가.

그녀는 수레 위에 걸터앉아 있는 오빠와 동생들을 본다. 그녀는 그들에게 손짓한다. 그들 또한 그녀를 가리키며 웃는다. 그들은 그녀를 알아보았다. 그녀는 다시 땅에 엎드려, 그대로, 얼굴을 땅에 댄 채 엎드려 있고, 그녀 앞에 빵 과자가 놓인다. 어머니의 손이 아니라면 누구의 손이 그것을 주었겠는가?

그녀는 먹는다. 그리고 잠이 든다.

그녀는 그녀가 엎드려 있던 초가집 모퉁이에서 잔다.

그녀가 깨어났을 때, 뜨겁고 창백한 빛이 장터를 채우고 있을 뿐 장터는 사라졌다. 그녀의 가족은 어디에 있나? 그녀가 가족을 떠나가도록 내버려 두었나? 그녀가 기억하고 있다고 생각하는 대로, 어머니가 그녀에게 자, 우리 이제 그만 집에 돌아가야지, 하고 말하지 않았던가?

비록 그녀의 어머니가 아니라 해도, 아마도 그녀의 어머니나 진배없는 다른 누군가가 그녀가 처한 위험, 부풀어 오른 배의 크기를 보았으므로 그녀가 그만 집으로 돌아가야 한다고 말했을까?

저녁까지 그녀는 초가집 모퉁이에 남아 있다. 한 여인이 그녀에게 밥 한 공기를 준다. 그녀는 이해하려고 애쓴다. 누

가 이 결정을 내렸을까? 우리는 너를 두고 집에 돌아가야 한
다는 결정을.

오후 내내, 그녀는 마치 끄라바인 산맥 앞에서처럼, 기진
맥진한 채 잠을 잔다. 저녁때쯤 그녀는 깨어난다. 그녀는 더
이상 아무것도 기억하지 못한다. 그녀가 본 것이 꼭 그녀의
어머니가 아닐 수도 있으리라는, 꼭 그녀의 오빠나 동생들
이 아닐 수도 있으리라는 생각이 떠올랐다. 어떻게 그녀가
바로 그녀의 어머니를 보았겠는가? 바로 그녀의 오빠와 동
생들을? 그들이건 아니건, 지금 무슨 차이가 있겠는가?

어두워지자 그녀는 발길을 되돌려, 노인이 알려준 방향으
로 톤레사프 호수를 따라간다.

그 누구도 이제는 더 이상, 그녀의 고향 근역에서 결코 다
시 그녀를 보지 못한다.

뜨겁고 창백한 빛 속에, 아직 배 속의 아이를 가지고, 그
녀는 두려움 없이 멀어져간다. 그녀가 밟은 길은, 그건 확실
하다, 그녀의 어머니가 결정적으로 그녀를 내버린 그 길이
다. 그녀의 두 눈은 울고 있지만, 그러나 그녀는, 그녀는 목
이 터져라 어릴 때 부르던 바탐방 노래를 부른다.

피터 모건. 그는 쓰는 것을 멈춘다.

그는 방에서 나와, 대사관저의 정원을 가로질러 갠지스강을 따라 나 있는 대로로 나선다.

그녀가 거기에 있다. 라호르 주재 전前 프랑스 부영사의 관저 앞에 있다. 움푹 팬 잡목의 그늘, 모래 위에, 아직 물에 젖어 있는 그녀의 보퉁이 위에, 잡목의 그늘에 대머리 된 머리를 누인 채 그녀는 자고 있다. 피터 모건은 그녀가 밤에 갠지스강에서 물고기를 잡고 헤엄을 친 것을, 산책하는 사람들에게 접근하고 노래를 부르며, 이렇게 밤을 보내는 것을 알고 있다. 피터 모건은 캘커타에서 그녀를 뒤쫓았다. 이것이 그가 알고 있는 바다.

잠든 그녀의 몸뚱이 가까이에는 문둥병자들의 몸이 있다.

문둥병자들이 깨어난다.

피터 모건은 캘커타의 고통을 알고자 하는, 그곳에 뛰어들기를 바라는, 그리하여 그것이 이루어지고, 그가 받아들인 고통과 함께 그의 무지가 멎기를 바라는 한 젊은이다.

아침 7시. 새벽빛은 어슴푸레하다. 움직이지 않는 구름이 네팔 지역을 덮고 있다.

벌써, 드문드문 캘커타가 움직인다. 개미 떼가 우글거리는 개미집, 피터 모건은 생각한다. 무미건조함, 공포, 신神에 대한 두려움 그리고 고통, 고통, 그는 생각한다.

아주 가까이에서, 겉창이 삐걱 소리를 낸다. 잠이 깬 부영사 관저의 겉창이다. 피터 모건은 성급히 대로를 떠나, 정원의 철책 뒤에 숨어, 기다린다. 라호르 주재 프랑스 부영사가 반쯤 벗은 채 발코니에 나타난다. 그는 잠시 대로를 내려다보고, 다시 안으로 들어간다. 피터 모건은 프랑스 대사관의 정원을 가로질러 그의 친지들, 스트레테르 가족의 관저 쪽으로 돌아온다.

아침마다 병든 하늘의 상태는 캘커타의 기후에 적응하지 못한 백인들이 깨어날 때 그들을 음울하게 만든다. 오늘, 거울에 자신을 비추어 보는 그가 그렇다.

그는 관저의 발코니로 나간다.

캘커타, 오늘, 아침 7시, 빛은 어슴푸레하다. 움직이지 않는 구름이 얹힌 히말라야의 산이 네팔을 덮고 있다. 그 위로는 지독한 증기가 무겁게 드리워 있고, 여름의 계절풍이 며칠 내로 시작되려 한다. 움푹 팬 잡목의 그늘, 관저의 맞은편, 아스팔트와 뒤섞인 모래 위에, 아직 물에 젖어 있는 그녀의 보퉁이 위에, 잡목의 그늘에 대머리 된 머리를 누인 채 그녀는 자고 있다. 그녀는 밤의 한동안, 갠지스강에서 물고기를 잡고 헤엄을 쳤다. 그녀는 노래를 불렀고, 산책객들에게 접근했다.

거리 위에는 살수기가 돌고 있다. 물은 축축한 먼지를 땅에 내려앉히고, 거기에서는 오줌의 악취가 난다.

갠지스 강가에는, 벌써, 회색 옷의 순례자들, 강가에 언

34

제나 있는 문둥병자들이 있고, 그들은 잠에서 깨어나 바라본다.

캘커타 방적공장의 몸이 불편한 한 무리가 목숨 부지를 위한 일을 시작한 지도 벌써 두 시간이 지났다.

라호르 주재 프랑스 부영사는 캘커타를, 연기, 갠지스강, 살수기 그리고 자고 있는 그녀를 바라본다. 그는 발코니를 떠나, 다시 방으로 들어가 벌써 뜨거워진 열기 속에서 면도를 하고, 가끔 흰 머리털이 보이는 관자놀이를 들여다본다. 그는 면도를 했고, 끝냈다. 그는 관저의 발코니로 되돌아가 다시 한번 돌, 야자수, 살수기, 잠자는 여인, 강가 문둥병자들의 밀집 지역, 순례자들, 바로 캘커타 혹은 라호르 자체인 야자수, 문둥병 그리고 어슴푸레한 새벽빛을 바라본다.

그리고 이 빛 속에서 목욕을 끝내고, 급히 커피를 삼킨 다음 안락의자에 앉아 프랑스에서 온 편지를 읽는다. 그의 숙모가 쓴 것이다. 어느 날 밤 파리에 바람이 많이 불었다. 한 달 전 일이다. 그리고 지금까지 전혀 일어난 적 없는 일인데, 작은 집의 겉창이 환기를 위해 반쯤 열어두었던 창문과 함께 활짝 열려 있었다. 이 일을 경찰이 그녀에게 알렸고, 그녀는 오후에 문을 닫을 겸 그것을 확인하러 갔다. 도둑이 들지는 않았다. 아, 그리고 또 하나 잊어버릴 뻔한 일이 있다. 문을 다시 닫으러 가면서, 그녀는 철책을 따라 피어 있는 라일락꽃이 도둑맞은 것을 발견했다. 아무도 그것을 막을 수 없다, 매년 봄이면 늘 그렇다. 제멋대로인 소녀들이 꽃을 훔친다.

갑자기 부영사는 내일 금요일 저녁 프랑스 대사관에서 열릴 만찬회에 대한 무언가를 기억해냈다. 마지막 순간에 초대된 만찬회. 어제저녁, 대사 부인으로부터의 한마디 전갈. 오세요.

그는 일어나, 인도인 하인에게 야회복을 솔질하라고 이르러 간다. 그리고 안락의자로 돌아온다. 말셰르브의 숙모의 편지를 다 읽었다. 그는 열려 있는 겉창과 라일락꽃에 대한 대목을 다시 읽고 그것을 확인한다. 그 부분도 읽었다.

그는 편지를 손에 든 채, 집무 시간을 기다린다. 그때, 그의 내면에는 한 거실이 있다. 모든 것이 질서 정연하고, 검은색 그랜드 피아노는 닫혀 있다. 보면대 위의 악보 역시 닫혀 있다. 악보의 제목은 거의 읽을 수 없으나 「인디애나 송 Indiana's Song」이라고 적혀 있다. 철책의 자물쇠는 이중으로 채워져 있어 사람들이 정원에 스며들 수 없고, 다가가 악보의 제목을 읽을 수도 없다. 피아노 위에는 램프로 변형시킨 중국 화병, 녹색 비단의 전등갓이 있다. 40년쯤 되었던가? 그렇다. 그가 태어나기도 전에? 그렇다. 거기에는 일종의 평온이 있다. 겉창은 열린 채이고, 햇살은 녹색 전등 위로 아주 강한 빛을 던진다. 멈추어 선 사람들. 무언가를 해야 해. 그렇지 않으면 다음 날 밤, 잠을 잘 수 없을 거야. 밤

새 음산하게 걸창이 삐걱거리는 소리를 듣지 않았던가? 또 다른 멈추어 선 사람들, 작은 군중. 늘 닫혀 있는 이 집의 주인은 도대체 누구지? 서른다섯 살가량의 독신자.

그의 이름은 장-마르크 드 아슈.

지금은 고아가 된 외아들.

여전히 사저라 불리는 작은 집은, 파리에, 정원에 둘러싸여, 지난 몇 년 동안 닫혀 있다. 집주인이 이번에는 인도에 있는 영사관에 있기 때문이다. 경찰은 이런 경우 혹은 화재가 났을 때 누구에게 알려야 하는지 알고 있다. 말셰르브 구역에 살고 있는 이 부재자의 숙모인 늙은 부인에게다.

바람이 다시 불기 시작한다, 걸창이 반쯤 닫히고, 햇살이 거두어지며, 녹색 비단을 거기 남겨둔다. 피아노는 그의 체류 마지막 순간까지 어둠 속에 남아 있다. 2년 동안.

야회복의 까슬까슬한 천 위를 스치는 거친 솔이 내는 소리에 부영사는 여태껏 익숙해지지 않았다. 그는 일어나서 문을 닫는다.

기상 시간이 지나고, 이번에는 집무 시간이 다가왔다.

부영사는 걸어서 간다. 10분 동안 갠지스강을 따라가다 보면, 늘 웃음을 흘리는 문둥병자들이 기다리고 있는 나무 그늘을 지나친다. 그는 협죽도와 야자수가 있는 대사관 정원을 가로지른다. 영사관 집무실은 이 정원에 둘러싸여 갇힌 건물의 형태다.

여려진 목소리가 아직도 정원에서 묻고 있다. 이 사람이 그곳에 있을 때, 피아노로 연주하는 음악이 들리나요? 음계들? 한 손으로 서툴게 연주된 곡조요? 아주 오래된 목소리가 대답한다. 예, 예전에, 그래요, 저녁때, 한 손가락으로 어린아이가 「인디애나 송」 같은 곡을 연주하곤 했지요. 그리고요? 아주 오래된 목소리가 대답한다. 예전에, 그래요, 밤에, 그리 오래되지는 않았지요, 거울 같은 물건이 깨지는 소리가, 혼자였던 사람, 어릴 때, 「인디애나 송」을 연주하곤 했던 한 남자가 사는 이 집에서 들려오곤 했지요. 그 외에는 다른 아무것도.

부영사는 걸으면서 휘파람으로 「인디애나 송」을 분다. 그는 산책로에서 나오는 샤를 로세트와 아주 가까이에서 마주치고, 이번에 그는 부영사를 피할 수가 없다. 그들은 몇 마디 말을 나눈다. 부영사는 내일 저녁 자신이 대사관 만찬에 초대되었음을 알린다. 샤를 로세트는 서툴게 놀란 기색을 감춘다. 이번이 아마도 그가 캘커타에서 참석할 처음이자 마지막 만찬회이리라고 부영사는 말한다. 샤를 로세트는 바쁘다고 말하면서 그를 떠난다. 그는 대사관 집무실 쪽을 향해 길을 계속한다.

여기, 인도의 수도, 캘커타라 이름 붙여진 곳, 그 인구수는 여전히, 마치 아사자들의 수처럼 알려지지 않은 채 500만으로 남아 있는 갠지스 강가의 이 도시, 오늘 여름 계절풍의 어슴푸레한 빛 속에 막 잠긴 이 도시에 장-마르크 드 아슈가 도착한 지는 다섯 주째다.

그는 라호르에서 부영사 자격으로 1년 반을 머물렀다. 그리고 그곳에서, 캘커타 외교 당국에 치명적이라고 간주되는 일련의 사고로 인해 이리로 왔다. 여기서 그는 다음 부임지를 기다리고 있다. 이 임지 선정은 어렵다고 판단되어 시일을 끈다. 봄베이라는 이름이 나오기도 했으나 확실한 건 아무것도 없다. 당국자들은 기다리는 동안 그를 캘커타에 묶어두는 편이 바람직하다고 생각했다. 집무실에서 그는 같은 경우에 처한 공무원들에게 주어지는 서류 정리 일을 한다. 그는 배속을 기다리면서 캘커타에 머무는 서기관들에게 주어지는 관저에 머물고 있다.

캘커타에 있는 누구도 라호르에서의 사고에 대해 모르는 사람이 없지만, 사건을 자세히 알고 있는 사람 또한 아무도 없다. 스트레테르 씨와 그의 부인을 제외하고는.

부영사는 「인디애나 송」을 휘파람으로 불다 멈춘다.

캘커타의 이 아침, 어슴푸레한 빛 속에, 바로 안-마리 스트레테르가 대사관을 둘러싼 이 정원을 가로지르고 그는 그녀를 바라본다.

안-마리 스트레테르는 부속 건물 쪽으로 가서, 먹다 남은 음식을 캘커타의 굶주린 사람들에게 주어야 한다고 반복해 말한다. 그녀는 여름 계절풍이 시작되고 그들도 마실 것이 필요하니, 이제부터는 한 대야의 찬물을, 매일 먹다 남은 음식과 함께 부엌의 철책 앞에 놓아두어야 한다고 말한다.

지시는 내려졌고, 안-마리 스트레테르는 다시 정원을 가로질러, 산책로에서 그녀를 기다리고 있는 딸들과 합류한다. 그녀들은 테니스장 쪽으로 걸어간다. 그리고 정원 깊은 곳으로 돌아간다. 그녀들은 산책 중이다. 벌써 열기는 너무 강하고, 며칠 전부터 테니스장은 비어 있다. 그녀들은 소매를 내놓은 채 흰색 반바지 차림이다. 그녀, 그녀는 모자를 쓰고 있지 않다. 그녀는 햇살을 두려워하지 않는다. 그가 대사관 건물을 지나쳤을 때, 안-마리 스트레테르는 라호르에서 온 부영사를 본다. 그녀는 그에게 아는 표시를 한다. 그녀 역시 그에 대해서, 캘커타의 다른 모든 사람처럼 조심스럽다. 그는 몸을 굽혀 인사하고 길을 계속한다. 그들이 만난 지는, 그들 사이의 일이 이런 식으로 이루어진 지는 다섯 주째다.

텅 빈 테니스장을 둘러싼 철책에 기대어진 채, 안-마리 스트레테르의 여성용 자전거 한 대가 놓여 있다.

샤를 로세트는 장-마르크 드 아슈의 서류를 검토하기 위해 프랑스 대사에게 초대받았다.

대사관 집무실에는 어슴푸레한 빛 위로 발이 드리워져 있다. 그들은 전등을 켰다. 그들만 있다.

샤를 로세트는 라호르에서의 돌발적 사고에 대한 장-마르크 드 아슈의 진술을 대사에게 읽어준다. 샤를 로세트는 읽는다.

본인은, 1년 반 동안 라호르에서 부영사직을 수행했습니다. 본인은 4년 전 인도에서의 직무를 요청하는 신청서를 제출한 바 있습니다. 그리고 본인은 임명 소식이 전해졌을 때 주저 없이 그것을 수락했습니다. 본인은 라호르에서, 본인에 대해 제기된 사건들을 저질렀음을 자인하는 바입니다. 본인은 본인에게 배속된 인도 하인의 증언을 제외하고는 다른 어떤 증인의 진실성도 의심하지 않는 바입니다. 본인은 이들 사건에 대한 총체적 책임을 지는 바입니다.

제가 속한 관할청에서는 관할청이 원하는 바대로 앞으로의 행보를 처리할 것입니다. 만약 본인의 파면이 불가피해 보인다면, 본인은 영사관에 남을 것을 수락할 것과 마찬가지로 그 처분을 수락할 것입니다. 본인은 그들이 원하는 곳으로 갈 준비가 되어 있습니다. 본인은 라호르에 머무르는 것도, 거기서 떠나는 것도 요구하지 않습니다. 저는 라호르에서 저지른 일에 대해서도, 진술을 거부하는 이유에 대해서도 스스로를 납득시킬 수가 없습니다. 우리 행정기관을 포함해 어떤 외부 기관도, 제가 하는 말에 진정 관심을 가질 수 없으리라는 것이 제 생각입니다. 어떤 기관도, 이 거부가 누구를 향하건 간에 그에 대한 불신이나 경멸로 보지 않기를 바랍니다. 단지 저는 지금, 라호르에서 일어났던 일을 설득력 있게 보고하는 것이 불가능하다는 저의 상황을 확인하는 데 그치고자 합니다.

본인은 몇몇 사람들이 주장했듯, 라호르에서 술에 취해 행동하지는 않았음을 부언합니다.


"그가 스스로 파면을 요구하리라고 생각했소." 대사가 말한다. "하지만 그는 그렇게 말하지 않았소."

"언제 그를 만나볼 예정입니까?"

"아직 잘 모르겠소."

대사는 호의를 가지고 샤를 로세트를 바라본다.

"나는 권한은 없으나 이 일을 맡고 있어요. 이 힘든 일을 명확히 파악하는 데 당신이 도와주길 바라오."

장-마르크 드 아슈의 신원에 관한 정보들이 드러난다. 외아들. 중소 은행가인 부친. 부친의 사망 후 모친은 브레스트의 음반 상인과 재혼, 그녀 역시 2년 전 사망. 장-마르크 드 아슈는 뇌이에 작은 사저를 가지고 있으며, 휴가 동안 그곳에 머문다. 센에우아즈의 몽포르에서, 고등학교 과정에 열세 살에서 열네 살 사이 1년간 재학했고 기숙생이었음. 요양을 해야 하는 학생의 허약한 건강 상태가 그 이유임. 몽포르 전에는 중간 정도의 학생, 몽포르 이후부터는 뛰어난 학업성적을 보임. 이유는 자세히 알려지지 않았으나 불량한 태도로 몽포르에서 퇴학 처분. 이후 파리로 돌아와 다른 학교로 전학. 학업이 끝날 때까지, 그리고 훨씬 뒤까지, 지난 몇 년 동안 — 그의 바람대로 — 중앙 행정부서에서 일하던 시기까지 특기 사항 없음. 세 번에 걸친 휴직 요청이 약 4년간 장-마르크 드 아슈를 파리로부터 멀어지게 함. 그 이유가 무엇인지, 그가 어디 갔는지는 알 수 없음. 업무 평가는 중간, 장-마르크 드 아슈는 자기 자신을 숨김없이 내보이기 위해 인도를 기다렸던 것처럼 보임. 단 하나의 특기할 사항. 언뜻 보아 여자관계의 부재.

대사는 그에게 남은 단 하나의 친척, 파리 말셰르브 구역에 사는 그의 숙모에게 편지를 썼다. 그녀는 편지를 받은 즉시 길게 답장했다. 그녀는 말한다. "그처럼, 이 아이에게는 여러 가지 일이, 적어도 그를 알고 있다고 생각하는 우리가 그에게서 기대했던 것과는 상반되는 일들이 어딘가에 숨어 있었습니다. 누가 생각이나 했겠습니까?"

"광기狂氣라는 말은 없었습니까?"

"아니요, 단지 신경쇠약이라고만. 그가 다시 일을 저질렀어도 사람들은 자주 그의 '신경 줄이 끊어졌다'고만 얘기했소."

불평은 한참 뒤에나 일어났다.

"사람들은 먼저," 대사는 설명한다. "그가 익살꾼이었다고, 권총에 대한 편집증이 있었다고 믿었소. 그러다가 나중에, 그는 밤에 소리를 지르기 시작했소…… 그리고 이것은 특기 사항인데, 후에 샬리마르 정원에서 시신을 발견했소."

말셰르브의 숙모는 그의 어린 시절에 대해 무슨 말을 했나? 거의 아무것도 없었다. 그가 가정의 따뜻함보다는 기숙사를 더 좋아했다는 것, 그가 바뀌어 이렇게…… 내성적이게, 심지어 조금 냉혹해진 것은 몽포르에 있을 때부터라는 것 ― 그럼에도 라호르에서의 그의 상황을 짐작하게 하는 것은 아무것도 없었다. 한마디로 여자관계가 없다는 사실 외에는, 지극히 정상적인 이야기뿐이다. 그러나 그 사실 또

한, 확실한 것인가?

샤를 로세트는 읽는다.


내 조카가 알고 지냈을 단 한 여인의 증언도 말씀드
릴 수 없음을 아주 유감으로 생각합니다. 그는 늘 혼자
있기를 원했고, 우리의 노력에도 불구하고 늘 혼자였습
니다. 아주 빨리 그는 우리를, 그의 어머니와 나를 멀리
했고 최소한의 속내 얘기도 물론 없었습니다. 대사님,
그의 어머니와 나를 보아 당신이 할 수 있는 가장 큰 관
용을 베풀어주실 것을 간청합니다. 제 조카가 저지른
라호르에서의 몰상식한 행동은, 결국 그의 영혼의 비밀
한 상태, 우리가 알 수 없는 어떤 것, 그럼에도 완전히
비열하다고 할 수만은 없는 그런 것들을 증명하는 것이
아니겠어요? 징계가 온전히 이루어지기 전에 이 행동을
주의 깊게, 아마도 근본부터 검토해야 하지 않을는지
요? 라호르에서의 행동을 설명하기 위해 왜 그의 어린
시절까지 거슬러 올라가야만 합니까? 라호르에서도 그
이유를 찾아야 하는 것 아닐까요?


"나는 우리가 평소의 추측에 머무르는 걸 선호해요, 그의
유년 시절에서 찾는 것 말이오." 대사는 말한다.

그는 서류에서 편지를 제외시킨다. 그는 말한다.

"이 편지를 라호르에 보내지 않는 편이 좋을 거요. 큰 물의를 일으킬 테니. 나는 당신에게 이 예외적인 일을 알리고 싶었소. 이 일을 어떻게 생각하시오?"

약간 주저한 끝에, 샤를 로세트는 사람들이 장-마르크 드 아슈에 관해 관대하게 대하는 이유를 묻는다. 지금의 경우는 표본적인 처벌을 요하는 일이 아닌가?

"더 작은 중요성을 띤 일도 더 큰 처벌을 요할 수 있겠지요." 대사는 말한다. "그러나 여기에는 반대편이 없소, 그렇지 않습니까. 이건…… 하나의 상황이요…… 그건 명백한 것이고, 그리고 라호르…… 라호르, 대체 이것이 무엇을 의미하오?"

그는 부영사를 이따금 보는가? 대사는 묻는다. 아니다. 여기 사는 그 누구도, 서구인 협회의 회장, 이 주정꾼을 빼고는 아무도 그를 보지 않는다. 라호르에서도 그는 친지 한 명 없었다.

"그는 서구인 협회 회장에게 속내 얘기를 합니다." 샤를 로세트는 말한다. "그리고 그가 하는 거의 모든 이야기가 퍼지리라는 것도 모르지 않을 겁니다."

"그는 라호르에 대해 말합니까?"

"아니요. 특히 그의 어린 시절에 대해서인 것 같습니다. 대사님이 바라시는 것처럼……"

"그러나 당신 생각에, 대체 그가 왜 그런다고 생각하오?"

샤를 로세트는 견해가 없다.

"그의 업무는 완벽하오." 대사는 말한다. "아마도 다시 평온을 되찾은 것 같소. 그를 어찌 처리해야 할지?"

두 사람은 장-마르크 드 아슈를 처리할 방법을 찾는다. 그를 그 자신으로부터 안전하게 두기 위해서, 그를 어디에, 어떤 환경에, 어느 하늘 밑에 배속시켜야 하는지를.

"그에게 어디가 좋으냐고 물었을 때, 봄베이라는 단어가 튀어나왔소. 그러나 봄베이에서는 그를 원하지 않을 거요. 내가 그를 지킬 수 있는 캘커타가 남은 가능성이지만…… 그러나 캘커타는, 길게 보면, 더 힘든 곳이오."

"제 생각에는, 그가 캘커타를…… 예를 들면 우리처럼 불가능한 곳으로 보는 것 같지는 않습니다." 샤를 로세트는 말한다. "이건 모순되지만, 그는 캘커타에 길들여진 것처럼 보입니다."

소나기가 닥친다. 아주 잠시 내린다. 대사는 창문에 드리워진 발을 걷으러 간다. 갑작스레 소나기가 그치고 몇 분 동안 햇빛이 반짝 빛난다. 그리고 두꺼운 구름층 속 구멍이 다시 막힌다. 고요한 질풍 속에 정원의 그늘이 뽑혀 나간다.

두 사람은 내일 있을 만찬에 초대받은 부영사에 대해 이야기한다. 스트레테르 부인은 말셰르브의 그의 숙모가 보낸 편지를 읽고 난 다음에야 그를 초대했을까? 맨 마지막 순간에 무엇 때문에? 그러기 전에 그녀는 망설였는가?

"맨 마지막 순간에 그녀가 한마디 써서 보냈소." 대사는 말한다. "그것은 아마도 다른 사람들에게서 그를 제외시켜서…… 그가 확실히 오도록 하려는 것이었소. 알다시피 나의 처와 나는 외교 협정서가 허락하는 한도 내에서, 아무리 그것이 정당한 것처럼 보여도 제명 처분에는 반대하고 있소."

대사는 주의 깊게 샤를 로세트를 바라본다.

"당신은 잘 적응하지 못하는군요."

샤를 로세트는 미소 짓는다.

"제가 생각했던 것보다 조금 더."

섬에 가야 한다. 스트레테르 씨는 충고한다. 캘커타에서 견뎌내기 위해서는 그곳에 가는 습관을 가져야 한다. 그, 대사는 캘커타를 떠난다. 그는 네팔에서 사냥을 한다. 그의 부인은 섬으로 간다. 딸들 역시 수업이 끝나자마자, 바로 다음 주부터 그곳으로 갈 것이다. 전설적인 호텔 '프린스오브웨일스'에서 단 이틀이라도 보내기 위해 그곳으로 가야만 한다. 또한 캘커타에서 델타에 이르는 여정 또한 흥미롭다. 델타의 거대한 논을, 북인도의 곡식 창고를 자동차로 가로질러 보아야 하며, 인도의 고풍스러운 농업을, 좀더 이전의 인도를 보아야 하며, 우리가 머물러 있는 이 나라를 보되 캘커타에만 머물러서는 안 된다. 바로 이번 주에 샤를 로세트가 그곳에 가지 않을 이유가 어디 있겠는가? 여름 계절풍이 시

작됐다. 모레 토요일부터 캘커타에 머무는 영국, 프랑스의
백인들이 캘커타에서 빠져나갈 것이다.

대사는 말을 멈추고, 샤를 로세트에게 창밖을 내다보라는
신호를 한다.

부영사가 정원을 지나간다. 그는 텅 빈 테니스장을 향해
옆길로 들어선다. 테니스장을 바라보고, 되돌아와서는 다시
떠나, 창문을 의식한 기색조차 없이 열린 창문 앞을 그대로
지나친다.

사람들이 나오고 정원을 가로지른다. 정오다. 누구도 그
에게 다가가지 않는다.

"그는 내가 부르기를 다섯 주 전부터 기다렸을 거요." 대
사는 말한다. "며칠 내로 그를 부를 작정이오."

그러나 그는 이 소환을 기다리고 있는가? 혹은 정반대로
이 소환이 늦어지기를, 여전히 늦어지기를 바라는가? 그것
은 알 수 없다.

대사는 약간 거북한 웃음을 지으며 말한다.

"요즈음 우리 집에 라호르 부영사의 존재를 참지 못하는
아주 젊고 매력적인 영국인 친구가 와 있소…… 솔직히 말
하면 두려워서가 아니요, 거북함이지요…… 사람들은 피합
니다, 그래요, 솔직히 고백하자면…… 나도 약간 피하는 편
이오."

샤를 로세트는 대사에게 인사하고 떠났다. 이번에는 그가 정원을 가로지른다. 그늘 한 점 없는 네팔의 종려나무들이 꼼짝도 않고 있다.

갠지스강을 따라 나 있는 도로에 이르렀을 때 샤를 로세트는 부영사를 알아본다. 바로 조금 전에 테니스장 앞에서 그랬듯이, 문둥병자들 앞에 멈추어 서서 그는 바라보고 있다.

샤를 로세트는 망설인다. 열기는 엄청나고, 그는 마침내 뒤돌아서 간다. 그는 다시 정원을 가로질러 다른 편 문으로 빠져나가, 부영사의 관저와 같은 선상에 있는, 집무실을 기준으로 그의 숙소보다 조금 떨어진, 그러나 그의 숙소와 한 쌍을 이루는 베란다가 있는 방갈로, 벗겨져 나간 노란색 회벽, 협죽도가 주위를 두르고 있는 그의 숙소에 도착한다.

"그에게 말을 좀 건네보시오. 물론 그럴 여력이 있다면 말이오." 대사가 말했다.

샤를 로세트는 벌써 두번째 샤워를 한다. 캘커타의 저 깊이에서 올라오는 물은 늘 변함없이 시원하다.

식탁이 차려졌다. 샤를 로세트는 냅킨을 펴고 인도 카레를 먹는다. 카레는 맛이 강하나 여기서는 늘 너무 강하다. 마치 강요받은 것처럼 그는 그것을 먹는다.

식사를 끝내자마자, 샤를 로세트는 겉창이 닫힌 방에서 잠이 든다.

오후 1시 반이다.

샤를 로세트는 안간힘을 써서 잠을 잔다. 캘커타의 한나절에서 서너 시간을 건진다. 다섯 주째 그는 이처럼 잠을 잔다.

이 짓누르는 듯한 낮잠 시간에, 거리를 지나치는 그 누구라도 부영사가, 거의 벗은 채로, 강렬해 보이는 각성 상태로 방 안을 거니는 것을 볼 수 있다.

오후 3시 반이다.

인도인 하인이 샤를 로세트를 깨운다. 반쯤 열린 문으로 약빠르고도 조심스럽게 머리가 나타난다. 주인께서는 일어나셔야 합니다. 눈을 뜬다, 잊어버렸다, 매 오후 그렇듯이 캘커타를 잊어버렸다. 방은 어둑하다. 주인께 차[茶]를 가져올까요? 우리는 장밋빛의 여인, 장밋빛의 책 읽는 여인, 멀리 있는 파드칼레의 칼날 같은 바람 속에서 프루스트를 읽는 장밋빛 여인을 꿈꾸었다. 주인은 차를 원하시나요? 주인은 편찮으신가요? 우리는 이 장밋빛의 여인, 장미, 책을 읽는 장밋빛의 여인 곁에서 일종의 권태를 경험했으며, 이 지역의 어슴푸레한 빛 속에서 다른 것, 매일 아침, 여름 계절풍 동안 비어 있는 테니스장을, 조용한 발걸음으로 가로지르는 흰색 반바지 차림의 여인을 꿈꾸었다.

그는 차를 원한다. 그리고 겉창을 열어주기를.

자, 겉창이 삐걱거린다. 그들은 결코 겉창을 다루는 법을 모를 것이므로. 시선은 어디에 있는가?

방 안에는, 반사되는, 눈을 멀게 하는 빛. 빛과 함께, 구역질. 매일 대사에게 전화 걸고 싶은 욕구. 대사님, 당신께 제임지 변경을 부탁드립니다. 저는 더 이상 참을 수가 없습니다. 캘커타에 익숙해질 수가 없습니다.

사랑이 구원하러 오기를 어디서 기다릴 수 있을까?

누군가가 선풍기를 켰다. 누군가가 차를 끓이기 위해 부엌으로 다시 떠났다. 지나간 자리에는 냄새, 면포와 먼지 냄새가 남는다. 앞으로 다가올 3년을 위해 우리는 같이 영사관저에 갇혀 있다.

샤를 로세트는 다시 잠이 들었다.

하인은 차를 가지고 돌아와 그를 깨운다. 그가 죽었는지 보러 온다.

내일을 위해 흰 상의와 야회복을 준비해야 한다. 내일, 프랑스 대사의 만찬회. 할 일은 전달됐다.

라호르에 있던 하인, 샤를 로세트는 기억한다, 부영사의 인도인 하인은 주인에게 불리한 증언을 하지 않기 위해 도망쳤다. 사람들이 그를 잡았고 그는 거짓말을 했다.

샤를 로세트는 일어나, 샤워를 하고 발코니 쪽으로 가서, 본다. 검은색 란치아 자동차 한 대가 대사관 정원을 빠져나가 대로로 접어든다. 안-마리 스트레테르가, 그가 이미 몇 번 테니스장에서 본 적 있는 한 영국인과 같이 있다.

검은색 란치아는 속도를 내고 사라진다. 이처럼 사람들이 그녀에 대해 하는 말은 필경 사실일 것이다.

샤를 로세트는 그에 대해 확실히 알아야 할 필요가 있는가? 아마도, 그렇다.

지시대로 하인이 상의를 다리고 있을 때 그는 식당으로 가 차가운 코냑을 마신다.

샤를 로세트는 다시 한번 요지부동인 열기 속에서 대사관의 정원을 가로지른다. 그는 내일 만찬회에서 만날 사람들을 생각한다. 서열에 따라 부인들을 초대한다. 안-마리 스트레테르에게 춤을 청한다. 이 순간 그녀는 이 열기를 뚫고 찬 데르나고르 쪽으로 달린다.

부영사가 저 멀리 앞에 있다. 그는 부영사가 협죽도가 있는 산책로를 떠나 테니스장 쪽으로 몇 걸음 다가가는 것을 본다. 이쪽 정원에는 샤를 로세트와 장-마르크 드 아슈, 둘뿐이다.

장-마르크 드 아슈는 샤를 로세트가 그를 보고 있음을 모르고 있다. 그는 혼자 있다고 믿고 있다. 이번에는 샤를 로세트가 멈추어 섰다. 그는 부영사의 얼굴을 보려고 애쓴다. 그러나 뒤돌아보지 않는다. 테니스장을 두른 철책에 여성용 자전거가 한 대 기대어 있다.

샤를 로세트는 이미 이 장소에서 이 자전거를 본 일이 있다. 그리고 이 순간 그 사실을 알아차린다.

부영사는 산책로를 떠나 자전거 가까이로 간다.

그는 무언가를 한다. 이 거리에서는 정확히 무엇을 하는지 알아보기 어렵다. 그는 자전거를 쳐다보고 그것을 만지는 기색이다. 그는 오랫동안 자전거 위로 몸을 숙였다가 일어선다. 그리고 다시 그것을 바라본다.

그는 산책로로 되돌아오고 약간 비틀거리긴 하나 조용한 걸음걸이로 다시 그곳을 떠난다. 그는 영사관 집무실로 향한다. 그는 사라진다.

이번에는 샤를 로세트가 움직인다. 산책로로 접어든다.

철책에 기대어 있는 자전거는 산책로의 고운 회색 먼지로 덮여 있다.

자전거는 버려져 있다, 쓸모없이, 소름 끼치게.

샤를 로세트는 빨리 걷기 시작한다. 행인이 나타난다. 그들은 마주 쳐다본다. 이 사람은 알고 있나? 아니다. 캘커타의 모든 사람은 알고 있나? 캘커타의 모든 사람은 침묵한다. 혹은 모르고 있다.

매일 아침, 매일 저녁, 텅 빈 테니스장 근처에서 부영사는 무얼 하는가? 그는 무엇을 했던가? 누구에게 그걸 말하나? 그걸 대체 누구에게? 말하기 불가능한 그것을 누구에게 말하나?

산책로는 다시금 비어 있다. 행인은 정원을 떠났다. 대기는 눈앞에서 춤춘다. 샤를 로세트는 부영사의 윤기 나는 얼굴을 상상해보려고 애쓰지만 더 이상 그럴 수 없음을 깨닫는다.

누군가, 멀리서 「인디애나 송」을 휘파람 분다. 누구인지는 보이지 않는다.

아이는 우당 쪽 한 움막, 한 소작인의 농장 근처에서 태어났다. 그녀는 이틀 동안, 소작인만큼 마르고 늙은 그의 아내 때문에 농장 주위를 맴돌았다. 아낙네가 그녀를 도와주었다. 이틀 동안 여인은 그녀에게 밥과 생선국을, 셋째 날 떠날 때는 황마로 된 자루를 가져다주었다, 피터 모건은 쓴다.

　그녀는 자신과 쌍둥이처럼 닮은 딸을 메콩강에 내던지지 않았다. 등나무 평원의 길 위에 버려두지도 않았다. 이 어린 여자아이 뒤이어 올 다른 아이들, 그녀는 그들을, 그녀가 어디에 있건 늘 같은 시간, 태양이 머리를 윙윙거리게 하고 귀를 멍하게 하는 하루의 한중간쯤에 버려두리라. 저녁에, 그녀는 혼자가 되어, 바로 조금 전에 그녀가 짊어진 이 물건, 그녀를 닮은 ── 그녀가 놓아버려서는 안 되는 ── 이 물건이 어떻게 될지 궁금하다. 조금 쉬었다가 버리고 떠난다면. 그녀는 결정하지 못한다. 약간의 젖이 흘러나온 젖가슴을 긁고 그녀는 다시 떠난다. 그녀가 잊는 것은 아마도 처음이다, 그녀는 불평한다. 어떤 때 그녀는 차이를 겨우 알아차릴 뿐이다. 그녀는 앞으로 나아간다, 그리고 잠이 든다. 바탐방, 물소 위에 앉아 있는 아이들, 앞뒤로 몸을 흔들며 웃어 젖히는 아이들의 고음의 노래, 그녀는 잠들기 전, 숲속 마을의 가시덤불에 지펴진 불 위에서, 호랑이들 바로 옆에서, 밀림의 어둠 속에서 이 노래를 부른다.

우당 이후의 톤레사프는 따라가기가 수월하다. 똑바로 자루 속에 누인 아이, 자루를 어깨에 메고 허리에 묶은 그녀는 톤레사프를 따라 계속 내려갔다. 프놈펜에서 그녀는 며칠 머무른다. 그리고 메콩강을 따라 내려가기 시작한다. 쌀을 실은 수백 척의 쪽배들이 그녀 앞을 지나간다.

한 여인이 길을 가르쳐주었다. 뽀삿 후, 그러나 캄퐁참에 이르기 전에, 아이가 태어나기 전에, 프놈펜을 지나 쩌우독쯤에서 그녀는 그것을 기억하고 있다. 그녀는 이 아이를 데리고는 일을 할 수가 없다. 아무도 그런 그녀를 원하지 않을 것이다. 애가 없어도 일을 찾지 못했다, 열일곱 살에, 이 배로는 어디서나 쫓겨났다. 좀더 멀리 가거라.

그녀는 결코 일을 할 수 없으리라. 그녀의 일, 아직 모를 어떤 것이다.

여인은 그녀에게 진지한 정보를 주었다. 백인들이 아이들을 받아들인다고 사람들이 말한다. 그녀는 다시 떠난다. 그녀는 더 이상 묻지 않는다. 여기서는 아무도 캄보디아 말을 하지 않는다. 지극히 드문 일이다. 첫번째 백인 초소? 가버

려. 메콩강을 따라가야 한다. 그녀는 그것을 알고 있다. 그
것이 방법이다. 그녀는 강을 따른다. 등에서 아이는 거의 하
루 종일 잠을 잔다. 몇 주째, 특히 며칠간 아이는 많이 잔다.
먹이기 위해 깨워야 한다. 무엇을 먹나? 이 아이를 누군가에
게 주어야 한다. 지금이 그때다. 그리고 가볍게, 논길을 걷
는 거다. 푸르스름한 눈까풀 속에 눈이 자고 있다. 아이는
지금까지 아무것도 쳐다보지 않았나? 롱쑤옌에서, 그녀는
길거리 여기저기에서 백인들을 본다. 백인 초소. 그녀는 시
장으로 간다. 넝마 조각 위에 아이를 내려놓고 기다린다. 그
녀의 여정에서 맨 마지막으로 만난 캄보디아 여인이 지나
가며 아이가 죽었다고 말한다. 그녀가 아이를 꼬집어보았을
때 아이는 소리를 냈고, 여인은 아이가 죽지 않았음을 본다.
캄보디아 여인은 아이가 곧 죽을 거라고, 무언가를…… 급
히 해야 한다고 말한다. 네가 원하는 게 뭐니?

"주는 거."

여인은 조롱한다. 이 창피한 것을, 이리 바짝 마른 어린애
를 누가 원할까? 사댁에서, 그녀는 다시 백인들을 본다. 그
녀는 시장으로 가 넝마 조각 위에 아이를 내려놓고 기다린
다. 아무도 그녀에게 말을 건네지 않는다. 아이는 더 많이
잠을 잔다. 애를 여기 잠든 채로 내버려 둔다…… 그러나 파
장 때의 개들은? 그녀는 다시 떠난다. 빈롱에는 여전히 백인
들이 있다. 그들은 얼마나 많은가!

그녀는 시장으로 가 그녀 앞의 넝마 조각 위에 아이를 내려놓는다. 그녀는 웅크린 채 기다린다. 이 시장은 그녀의 웃음을 자아낸다. 아주 오래 걸은 다음에는 — 그때 그녀는 죽음을 앞서려고 더 빨리 걷는다 — 그녀를 정신 사납게 하는 시장들이 있다. 빈롱의 시장. 이 예쁜 아이는 누구든 원하는 사람의 거예요, 그녀는 말한다, 거저예요. 그녀가 아이를 데리고 다닐 수 없기 때문이다. 제 발을 보세요, 이해하실 거예요. 아무도 이해하지 못한다. 발에는 상처가 나 있다. 날이 선 예리한 돌에 기다랗게 찢긴 자국이 있다. 각질 속, 그 안에서 구더기들이 옴지락거린다. 그녀는 썩는 냄새가 나는 것을 알지 못한다. 아이는 잔다. 그녀는 아이도, 아이 옆에 길게 놓인 발도 쳐다보지 않는다. 그녀의 어머니가 그토록 분주했던 톤레사프의 시장에서 그랬던 것처럼, 그녀는 혼자 중얼거린다. 널려 있는 음식의 전경, 석쇠에 구운 고기 냄새, 뜨끈한 국 때문이다. 누가 이 애를 원하는가? 그녀에게는 더 이상 젖이 없다, 오늘 아침 아이는 남아 있던 젖을 원하지 않았다. 한 쪽배 위에서 누군가가 더운밥을 주었다. 그녀는 오랫동안 밥알을 씹었다. 입에서 입으로, 씹은 것을 아이에게 옮겨 넣었다. 아이는 토했다. 좋아, 거짓말을 하자. 아이의 건강 상태가 좋다고. 누구든지 아이를 원하면 말만 하세요. 벌써 두 시간째 기다린다. 그녀는, 벌써, 여기서는 아무도 그녀의 얘기를 이해하지 못한다는 걸 알아차리지 못한다. 어제는 알아차렸으나, 오늘은 아니다.

살이 찌고 둔중한 백인 여인이 백인 소녀를 데리고 지나간 것은 파장 무렵, 진열대가 거의 거두어들여졌을 때다.

지력이 되돌아온 그녀는, 교활하고 능숙하게, 기회의 냄새를 맡는다.

그녀는 식민지 군용 철모 밑의 두 눈을 들여다본다. 여인은 젊지 않다. 그 두 눈이 마침내 바라본다.

여인이 바라보았다.

처음이다. 그녀가 웃어 보인다. 여인은 다가와 지갑에서 동전 한 닢을 꺼내 소녀에게 준다.

여인은 다시 떠난다.

소녀는 고함을 치며, 여인에게 가까이 오라는 몸짓을 한다. 여인이 되돌아온다. 소녀는 아이를 가리키며 돈을 돌려주려 한다. 그녀는 돌아앉아 등을 내보이며 소리 지른다. 바탐방. 여인은 쳐다본다. 안 돼, 다시 떠난다. 여인은 동전을 돌려받기를 거부한다. 소리치는 소녀 주위에 작은 군중이 생겨난다.

여인이 멀어져가고 있다.

소녀가 아이를 집어 든다. 그녀를 뒤쫓아 뛰고, 그녀를 앞지르며 무어라 많이 지껄인다. 방향을 가리키고, 웃으면서 아이를 내민다. 여인은 무어라고 소리 지르며 그녀를 떼어놓는다. 여인과 같이 있던 백인 아이가 소녀를 바라본다, 마치 무엇을 쳐다볼 때처럼? 그러나 무엇을? 그리고 여인에게 무언가를 말한다. 여인은 거절한다. 그녀는 떠난다.

소녀도 같이 떠난다. 여인을 뒤쫓는다. 여인이 뒤돌아보고, 그녀를 쫓아낸다. 그러나 아이를 데리고 있어야 하는 것에 비하면 그 무엇도 두렵지 않다.

소녀는 여인이 몇 걸음 디디기를 기다려 다시 뒤따르기 시작한다, 돈을 손에 쥔 채. 여인은 뒤돌아보고, 다시 소리 지르며 발을 구른다. 소녀는 웃어 보인다. 그녀는 다시 발을 보이고, 북쪽을 가리키고, 아이를 내밀며 이야기한다. 여인은 쳐다보지 않는다, 길을 계속 간다.

소녀는 길에서 멀리 떨어져 여인을 쫓아간다. 아이와 동전을 내민 채, 미소를 머금은 채. 여인은 더 이상 뒤돌아보지 않는다.

백인 아이가 엄마를 떠나 소녀 옆에서 걷는다.

소녀는 침묵한 채 여인을 따라잡고, 여인의 아이는 그들 옆에 있다. 그녀들은 앞서거니 뒤서거니 그렇게 초소의 거리를 한 시간 동안 걷는다. 소녀는 입을 다문 채 백인 아이와 함께 여인이 상점에서 나오기를 기다린다. 백인 아이는 더 이상 소녀를 떠나지 않는다. 백인 여인은 딸을 나무라나 아이는 울지 않는다. 돌아오는 길에 그녀들 셋은 여인을 뒤따른다. 집이 가까워짐에 따라 성공의 기회는 점점 더 커진다. 한 걸음 뗄 때마다 백인 여자아이의 눈에 어떤 결의가 차오른다. 소녀는 걸으면서, 앞서가는 어머니의 등만 바라다보는 백인 아이를 바라본다. 여인이 방향을 바꾼다. 뒤에 있는 셋도 그녀처럼 방향을 바꾼다. 만약 여인이 고함을 치거나 쫓아냈다면, 그녀들은 침묵하고 기다리다가 다시 뒤따랐을 것이고 그녀의 몸에 달라붙었을 것이다. 자 철책이 있다. 소녀가 백인 아이를 떼어놓으려면 그 아이를 내쳐야만 할 것이다.

여인은 정문 앞에 있다. 그녀는 문을 열고 손잡이 위에 손을 얹고 있다. 뒤돌아서서 오랫동안 자신의 아이를 바라보며, 받아들일지 말지를 저울질하며, 오직 딸의 눈만을 주시한다. 그리고 양보한다.

정문은 다시 닫혔다. 소녀와 그녀의 아이는 들어갔다.

착각일 수는 없다. 일은 이루어졌다. 사방으로 찾아보아야 소용이 없다. 그녀 옆에는 아무것도 없다, 피터 모건은 쓴다.

됐다. 아이는 받아들여졌고 별장으로 옮겨졌다.

물소가 풀을 먹는다. 그러나 때가 되면 이번에는 풀잎이 물소를 먹으리라는 바탐방의 즐거운 노래. 오후다. 일이 성사된 후 그녀, 소녀는 정원에서 쉰다. 집은 하얗다. 행인이 없다. 그곳에는 벽이 있고 히비스커스 나무 울타리가 있다. 그녀는 슈거애플 나무의 반들반들한 기둥에 등을 대고 산책로에 앉아 있다. 나무에 깊숙이 등을 잘 기댄 채, 행인 없이, 수송차가 지나간 후 큰 문은 닫혔다. 꽃들이 심겨 있고, 뛰어다니는 개도 없다. 땅 위에는 슈거애플 열매들이 떨어져 으깨진 채 농밀하고 기름진 즙을 먼지 속에 방울방울 흘리고 있다. 여인이 앉아서 기다리라는 신호를 한다. 소녀에게는 믿음이 있다. 만약 여인이 아이를 돌려주었다면, 만약 여인이 아이를 돌려줄 수 있다고 생각했다면, 아이를 받을 팔이 없이, 아무것도 없이, 텅 빈 채, 두 손은 등에 못 박혀, 그 두 손이 다시 아이를 받아 들기보다 차라리 그것을 부러뜨려버리리라. 울타리로 도망친다, 뱀처럼. 아니, 두려울 것 없다. 얼마나 조용한가, 행인이라고는 없고, 이제 여기 있다. 슈거애플 열매들은 떨어지는 대로 뭉개지고, 누구도 그것을 으깨지 않고 피해 걸어간다. 두려워할 것이 조금도 없다. 부인의 백인 아이가 원한다, 신이 원한다. 주었다. 그리고 받아들여졌다. 끝났다.

소녀는 '새들의 평원'에 도착했다.

그녀는 그것을 알지 못한다. 여인은 '새들의 평원'에, 이 지역의 첫번째 백인 초소에 살고 있다, 그러나 더 이상 이 소녀에게 그것을 이해시킬 어떤 가능성도 없다, 그럴 언어가 없다. 그녀는 뽀삿에서 400킬로미터 떨어진 곳에 있다. 출산 이후 1년이 지났는가? 그러니까 그 일은 우당 근처에서 일어났던가? 우당 이후에 그녀의 발걸음이 느려진 만큼, 등에서 잡아당기는 무게로 빨리 걷지 못했으므로, 살아남기 위해서 불가피했던, 마을 주변 남자들과의 잦은 멈춤, 그녀의 잠, 도둑질이 있었으므로, 그녀의 구걸 그리고 바라보는 데 빼앗긴 시간이 있었으므로, 그녀가 '새들의 평원'의 이 정원에서 휴식하고 있는 지금까지, 그녀가 바탐방을 떠난 지는 1년 가까이 되었을 것이다.

그녀는 '새들의 평원' 또한 떠날 것이다. 그녀는 북쪽으로 조금 더 거슬러 올라갈 것이며, 몇 주 후에는 서쪽으로 난 길로 접어들 것이다. 그 이후로 그녀는 캘커타를 향해 10년 간 길을 떠날 것이다. 그녀가 머무를 캘커타. 그녀는 거기에 머무를 것이다, 그녀는 머문다, 계절풍 속 그곳에 머문다. 그곳, 캘커타에서, 갠지스강을 따라 나 있는 잡목 아래 문둥 병 안에 잠들어 있다.

무엇을 위한 여정인가? 무엇 때문에? 그녀는 길보다 새들 을 쫓아갔던가? 차〔茶〕를 실은 중국인 포장마차들의 옛 행 로를? 아니다. 나무들 사이, 아무것도 심겨 있지 않은 강가, 거기 자리가 있는 곳에서 그녀는 쉬었고, 그러고는 걸었다.

산책로에서, 또 다른 두 명의 백인 아이들이, 이번에는 남 자아이들이 잠시 그녀를 보러 왔다가는 땅에 떨어진 슈거애 플 사이를 건너뛰면서 다시 떠나간다. 그들의 발에는 하얀 여름 구두가 신겨져 있다. 부인의 딸은 다시 나타나지 않았 다. 하인인 듯싶은 사람이 고기와 생선, 더운밥을 가지고 와 길 위 그녀 앞에 내려놓는다. 그녀는 먹는다. 바라볼 수 있 을 것 같다. 산책로 끝에, 철책 반대편에 덮개 있는 베란다 가 있다. 그녀는 이 베란다에서 20미터 떨어진 산책로에 있 다. 음식을 앞에 둔 채, 슈거애플 나무에 등을 기대고 그녀 는 본다. 부인은 아이 위로 몸을 숙이고 있다. 아이는 테이 블 위, 흰 내의에 싸여 있다. 그녀의 양쪽에서 아이들이 말 없이 쳐다보고 있다. 백인 소녀는 거기에 있다. 신은 존재한다. 부인이 아이에게 우유를 먹이려고 애쓰는 것이 보인다.
작은 병에 든 우유를 아이의 입에 부어 넣는다. 부인은 아이
를 흔들고, 소리 지르고 또 소리 지른다. 소녀가 일어선다.
그리고 아주 가벼운 두려움을 느낀다. 아이의 건강 상태가
좋지 않다면 아이를 그녀에게 되돌려주고 그들을 내쫓지 않
을까? 당장 도망치는 것이 더 낫지 않을까? 아니다. 아무도
그녀 쪽을 바라보지 않는다. 아, 이 아이는 자고 있다. 부인
의 외침 속에서도 아이는 고요한 길에서처럼 아주 잘 잠이
든다. 부인은 다시 시작한다. 흔들어대고 소리 지르고 부어
넣는다. 어찌할 도리가 없다. 아이는 마시지 않는다. 우유
는 아이 위에 흘러내리나 들어가지 않는다. 남아 있는 생명
은 사는 것을 거부하는 데 외에는 쓰이지 않는다. 방법을 바
꾼다. 부인은 병을 내려놓고 자고 있는 아이를 주의 깊게 들
여다본다. 백인 아이들은 계속 기다리며 입을 다물고 있다.
아이를 기르기 원하는 사람은 이제 세 명이다. 신은 도처에
있다. 부인은 아이를 팔에 안아 든다. 아이는 움직이지 않는
다, 부인은 아이를 잡은 채 테이블 위에 세워놓는다. 아이의
머리는 한쪽으로 가볍게 휜다. 아이는 여전히 자고 있다. 아
이의 배는 공기와 벌레로 가득 찬 공이다. 부인은 아이를 담
요 위에 내려놓고 의자에 앉아 침묵한다. 그녀는 생각을 가
다듬으며 입을 다물고 있다. 또 한 차례의 변화. 부인은 두
손가락으로 아이의 입을 열고, 그리고 무엇을 보는가? 아마

도 이빨을, 그것 말고 무엇을 볼 것인가? 부인은 기겁해 외치는 듯하다, 그러고는 산책로에 있는 소녀를 바라본다. 소녀는 고개를 숙이고, 잘못을 저지른 사람처럼 된다. 그녀는 기다린다. 위기는 지나갔는가? 아니다. 부인은 담요 위에 아이를 내려놓고 그녀에게 다가온다. 이 어려운 말은 뭘까? 대체 이 부인은 무엇을 원하나? 그녀는 손가락을 펴 보인다. 아이 나이는? 소녀는 두 손을 펼쳐 보인다, 찾는다, 찾아내지 못한다, 그렇게 두 손을 편 채 내버려 둔다. 10개월이리라. 부인은 고함을 치며 떠난다. 부인은 아이와 담요를 집어 들고 모두 다 별장으로 가져간다.

오후의 고요한 정원 안에서 소녀는 잠이 들었다.

그녀는 깨어난다. 부인이 다시 거기에 있다. 그녀는 여전히 무언가를 묻는다. 소녀가 대답한다. 바탐방. 부인은 다시 떠난다. 소녀는 다시 반쯤 잠이 든다. 그녀는 나무 그늘에서 나와 산책로에 길게 눕는다. 주먹 쥔 손안에는 아침의 동전이 있다. 그녀를 조용히 내버려 두는데도 여전히 약간 경계하고 있다. 바탐방이 그녀를 보호하리라. 그녀는 이 말 이외의 다른 어떤 말도 하지 않을 것이고, 이 말 속에 그녀는 갇혔고, 바탐방은 그녀의 닫힌 집이다. 그러나 그녀가 여전히 경계하고 있다면 왜 떠나지 않는가? 그녀는 쉬고 있나? 아니다. 꼭 그렇지는 않다. 그녀는 아직 이 장소를 떠나고 싶은 마음이 없다. 그녀는 기다린다. 떠나기 전, 갈 곳 그리고 지금 할 일을 찾기를.

그 문제는 그날 오후 자연스럽게 해결되었다. 지금 진행 중인 일이 일단락되었는데 어찌 돌이킬 수 있겠는가?

그녀는 깨어난다. 밤이 왔다. 베란다에는 밝은 불이 있다, 다시금 부인이 아이 위로 몸을 숙이고 있다. 이번에는 아이와 단둘이 있다. 그녀는 여전히 아이를 깨우려고 애쓰는가? 아니다. 다른 일이다. 소녀는 몸을 추켜세우고 바라본다. 부인은 아이를 테이블 위에 내려놓고 멀어졌다가 대야에 물을 담아 돌아와 다시 아이를 든다. 그리고 부드럽게 아이에게 얘기하면서 물속에 담근다. 부인은 더 이상 그녀들에 대해, 바짝 마른 아이들에 대해 화를 내고 있지 않다. 그녀는 어찌 됐건 아이가 살아 있다는 것을 잘 알고 있다. 아이를 목욕시키는 것이 그 증거다. 아이가 죽었다면 부인이 목욕시키겠는가? 그녀, 아이의 엄마는, 알고 있었다. 지금은 그녀, 그 부인 역시 알고 있다. 두 사람이. 이 정원은, 조용하다. 필경 사람들은 산책로에 있는 그녀의 존재를 잊기 시작한다. 몇 가지 일이 일어난다. 그녀의 발치에는 식어버린 커다란 국 그릇이 놓여 있다. 그녀가 자는 동안, 발길로 차 그녀가 깨어 일어나지 않게 사람들은 그것을 나무 가까이에 놓아둔다. 국그릇 옆에는 상처에 바를 약병이 있다.

그녀는 먹는다. 먹으면서 본다. 부인은 아이에게 얘기하면서 손바닥으로 아이를 쓰다듬는다. 조그마한 머리는 흰

거품으로 덮여 있다. 소녀는 조그맣게 웃는다. 소녀는 일어선다. 그녀는 몇 걸음 떼어, 그쪽으로 가, 바라본다. 아침 이래 그녀가 움직인 것은 처음이다. 그녀는 모습을 드러내지 않는다, 더 이상 결코. 그녀는 바라볼 뿐이다. 아이는 물속에서 잔다. 부인은 더 이상 얘기하지 않고 흰 수건으로 물기를 닦아준다. 소녀는 여전히 그쪽으로 다가간다. 아이의 눈까풀이 가볍게 떨리고 작은 소리를 내고는 수건 속에서 다시 잠이 든다. 소녀는 바라보고 있던 곳을 떠나 나무로 되돌아온다. 슈거애플 나무 그늘은 짙다. 그녀는 눈에 띄지 않기 위해 그늘 안에 앉아 여전히 기다린다.

보름달이어서 길은 밝다. 그녀는 땅에 떨어진 슈거애플 열매를 집어 입술에 댄다. 달착지근하고 역겨운 흰색, 겉보기만 그럴듯한 우유. 아니다. 그녀는 땅에 슈거애플을 내려놓는다.

그녀는 배고프지 않다.

건물과 그림자의 형태는 분명하고, 마당은 황량하며, 아마도 길 또한 그러할 것이다. 철책은 잠겨 있을 테지만 울타리로라면 어려울 것이 없다.

문의 초인종. 하인 하나가 문을 열러 온다. 한 백인 남자가 팔 밑에 가방을 끼고 들어온다. 문이 다시 닫혔다. 하인과 백인은 그녀에게 눈길조차 주지 않고 옆으로 지나친다. 백인 남자는 부인에게 간다. 그들은 말을 주고받는다. 부인은 아이를 수건에서 꺼내 보여주고는 다시 수건으로 싼다. 그들은 집 안으로 들어간다. 베란다는 밝게 비추어진 채다. 고요가 다시 찾아든다.

바탐방의 노래, 때때로 나는 커다란 물소 등 위에서 잠을 잤다. 어머니가 준 가득한 더운밥. 어머니, 역정에 찬 바짝 마른 어머니가 별안간 그녀의 추억에 벼락을 친다.

여기, 정원에서 노래를 부를 수는 없다. 벽의 저쪽, 히비스커스 나무 울타리 저쪽에는 사방으로 길이 나 있다. 별장은 이쪽에 있다. 저쪽에는, 규칙적으로 문 하나, 창문 셋, 문 하나, 창문 셋씩 이어지는 다른 건물들이 줄지어 있다. 이런, 초등학교다. 바탐방에 학교가 하나 있었다. 바탐방에 학교가 하나 있었던가? 그녀는 잊어버렸다. 앞쪽, 건물 뒤에는 굳게 닫힌 대문, 히비스커스 나무 울타리, 벽이 하나 그리고 여기 국그릇 옆에는 땅에 놓인 붕대와 작은 회색 물병이 있다. 소녀는 발을 누른다. 구더기가 나온다, 그녀는 회색 물을 그 위에 부어 얹고는 붕대를 감는다. 몇 달 전, 보건소 사람들이 그녀를 이렇게 치료했다. 발은 납처럼 무겁다, 특히 멈출 때마다, 그러나 그녀는 고통스럽지 않다. 그녀는 일어선다, 문을 쳐다본다. 별장 안에서 사람의 목소리가 들려온다. 바탐방으로 돌아가 이 바짝 마른 여인, 어머니를 다시 보는 일. 그녀는 자식들을 두들긴다. 아이들은 비탈길로 도망친다. 그녀는 소리 지른다. 더운밥을 나누어 주기 위해 부른다. 연기 속에서 그녀의 눈이 눈물을 흘린다. 어른이 되기 전에 한 번, 다시 떠나기 전에 그리고 아마도 죽기 전에 그녀를, 이 화 덩어리를 한 번 다시 보는 일.

그녀는 결코 다시 길을 찾지 못하리라. 그녀는 더 이상 길을 되찾기를 원치 않으리라.

미풍이 나무 그늘을 움직인다. 길은 우단처럼 펼쳐져 있고 이 길로 톤레사프를 향해 나아갈 것이다. 그녀는 주위를 둘러본다. 제자리걸음을 한다. 어디로 빠져나가나? 벌써 이 저녁 세 방울의 젖이 맺힌 채 그녀를 간지럽히는 젖가슴을 긁는다. 그녀는 배고프지 않다. 기지개를 켠다. 무슨 젊음이 이렇담. 아, 뛰며 톤레사프의 노래를 부르며 밤에 걷는다, 다 같이. 10년 뒤의 캘커타에서는 단 하나가 남아, 이것이 그녀의 지워진 기억을 홀로 점령하리라.

백인 남자가 도착한 이래 창문 하나에 불이 밝혀져 있다. 거기서 목소리가 들려온다. 그녀는 여전히 그쪽으로 간다. 그러나 떠나면서, 발뒤꿈치로 집을 둘러싼 둘레돌 위에 올라선다. 그 둘은 여전히 그들이, 백인들이, 거기에 있다. 화가 난 어머니의 무릎 위에 길게 누워 아이는 잔다. 어머니는 더 이상 그녀를 쳐다보지 않는다. 그 남자 또한. 그는 손에 주삿바늘을 하나 들고, 서 있다. 테이블 위에는 여전히 채워진 우유병이 있다. 부인은 더 이상 소리 지르지 않는다. 부인은 울고 있다. 울라지. 헤어진 아이는 끊임없이 반복해 눈을 떴다가 다시 잠들고, 다시 눈을 반쯤 떴다가 잠이 든다, 더 이상 나와는 상관없는 일이다. 다른 여인들의 몫이다. 나 외에 덤으로 너, 불필요한 짝이야, 우리가 헤어지는 일이 얼 마나 힘들었는데, 조금만 뛰어도 동그란 머리가 등에 걸린 자루에서 빠져나와 매달려 흔들렸고 천천히 걸어야 했다. 이제는 뛰리라. 너무 큰 돌은 피해야 했고 땅을 쳐다보아야 했는데, 이제는 피하지 않으리라 하늘을 쳐다보리라. 의사 는 아이에게 다가가 주사를 놓는다. 이 아이는 조그맣게 아 픈 소리를 낸다. 소녀는 보건소에서 치료해주는 것을 본 적 이 있다. 아이의 찡그린 표정이 그녀를 똑같이 찡그리게 했 다. 걷는 동안 그녀의 어깨에 자국을 냈던 무게. 아이가 살 았건 죽었건 결코 그 이상을 넘지 않을 정확한 그 무게가 그 녀를 잡아당긴다. 소녀는 바라보고 있던 곳에서 몸을 일으 킨다. 비어 있는 등이 움츠러들고, 창문에서 멀어져간다. 그 녀는 떠난다. 그녀는 히비스커스 울타리를 넘는다. 그녀는 백인 초소의 거리 위에 있다.

　이 저녁의 그녀가 그러하듯이 잘 먹고, 바탐방의 언어로 말한다. 그녀가 지금까지 알아온 모든 여인 중에서 가장 냉 혹한 여인, 이 여인을 다시 보지 않는다면 우리는 뭐가 되겠 는가? 어떤 사람이? 그녀는 걸음을 뗀다. 딱딱하게 굳은 어 깨와 복통을 안고, 그녀는 걷는다. 멀어져간다. 그녀는 캄보 디아어로 몇 마디 한다. 좋은 아침입니다, 좋은 저녁이에요.

그녀는 아이에게 말했다. 지금은 누구에게? 모든 불행과 비뚤어진 그녀 운명의 근원이자 이유이며 그녀의 순수한 사랑인, 톤레사프의 늙은 어머니에게. 그녀는 복통과 싸운다. 몇 걸음을 뗀다. 지나치게 음식이 찬 배가 그녀를 숨 가쁘게 한다. 그녀는 숨을 쉬고, 음식을 전부 토해내고 싶다. 그녀는 멈추어 돌아선다. 철책이 열린다. 여전히 그 철책이고 거기서 나오는 이 또한 바로 그 백인 남자다. 그녀는 별장에서 멀리 떨어져 있다고 믿었다. 그녀는 더 이상 이 백인 남자가 두렵지 않다. 그는 그녀를 보지 않고 빠른 걸음으로 그녀 옆을 지나친다.

별장의 불이 꺼진다.

요 며칠 사이에 계절풍이 완전히 끝나버린 듯하다. 언제부터 매일 등의 무게 위로 비가 내렸던가?

어머니의 집으로 돌아가기에는 얼마나 늦었는가, 놀러 가기에는. 아침 인사를 하고 다른 아이들과 어울려 웃기 위해 북쪽으로 돌아가기에는, 어머니에게 매 맞고 회초리 밑에서 죽기에는. 그녀는 젖가슴 사이에서 동전을 꺼내 달빛에 비추어 본다. 동전을 돌려주지 않으리라, 그녀는 그것을 다시 가슴속에 넣는다, 그러고는 앞으로 나아가기 시작한다. 이번에는, 그렇다, 그녀는 앞으로 나아간다.


그녀는 히비스커스 울타리로 빠져나갔다. 그녀는 확신한

다, 그녀는 떠났다.

한 부둣가, 메콩강이다. 정박해 있는 검은 돛배들. 배들은 밤사이 다시 떠날 것이다. 바탐방이 없는 까닭에 여기는 여전히 그녀의 마을이다. 젊은이들이 만돌린을 켜고 돛배들 사이에는 국밥 장사의 쪽배가 하나, 그리고 좀더 멀리, 석유등 불빛에 두 척의 작은 쪽배가 있고 그 위에는 국이 끓는 불이 있다. 강둑 아주 가까이, 배의 덮개 밑에서 노래가 흘러나온다. 그녀는 돛배를 따라 걷기 시작한다. 그녀는 무겁고 규칙적인 촌 여자의 걸음으로 이 저녁, 여전히 멀어져 간다.

그녀는 북쪽으로 난 길로 돌아가지 않을 것이다, 피터 모건은 쓴다. 그녀는 북쪽으로 가기 위해 메콩강을 거슬러 올라갈 것이다. 그러나 어느 아침 가던 길을 되돌아올 것이다.

그때 그녀는 메콩강의 한 지류를, 그러다가 또 다른 지류를 따라갈 것이다.

어느 저녁 그녀는 숲속에 머무르리라.

또 다른 저녁에는 강 앞에 이르고, 그녀는 그 강을 따라간다. 아주 긴 강이다. 그 강을 떠난다. 다시 숲. 그녀는 강들, 길들을 다시 시작하고, 만달레이 쪽을 지나 이라와디로 내려가, 프롬과 바세인을 지나쳐 벵골만에 이른다.

어느 날 그녀는 바다 앞에 앉아 있다.

그녀는 다시 떠난다.

그녀는 치타공과 아라칸 밑에 있는 평원을 거쳐 북쪽에 도착한다.

어느 날 그녀가 걸은 지 10년이 되었고, 캘커타에 이른다.

그녀는 머문다.

초반에는 그녀도 아직 젊은 티가 났고, 때때로 사람들이 배의 지붕 위에 그녀를 태워준다. 그러나 그녀의 발은 점점 더 악취를 풍기고, 몇 주 동안, 몇 달 동안 배들은 그녀를 태워주지 않는다. 이 발 때문에, 이 시기에 남자들은 아주 드물게 그녀를 원한다. 그럼에도 때때로 그 일이 일어나긴 한다. 한 벌목꾼. 어느 산중에서 누군가 그녀의 발을 치료해준다. 그녀는 보건소의 마당에서 10여 일을 머무르고, 먹을 게 있지만 다시 도망친다. 발이 완전히 나으면 그때는 더 나은 삶이 있으리라. 다음에는 숲속이다. 숲속에서의 광기. 그녀가 자는 곳은 늘 마을 주변이다. 그러나 때때로 마을은 없고 그럴 땐 채석장이나 나무 밑에서 잔다. 그녀는 꿈을 꾼다. 그녀는, 죽어버린 그녀의 아이거나, 논에서 일하는 소, 때때로 그녀는 논, 숲이다. 죽음의 갠지스강 물속에 몇 날 밤을 죽지 않고 머물러 있는 그녀, 나중에는 그녀가 물속에 빠져 죽는 꿈을 꾼다.

뽀삿에서의 굶주림, 물론 그렇다, 그러나 역시 태양, 말할 기회의 부재, 숲속 벌레들의 질식할 듯한 웅웅거림과 빈터의 고요, 이 모든 것이 뽀삿 이후 그녀의 광기를 깊게 한다. 그녀는 점점 더, 더 이상 결코 착각하지 않을 때까지 모든 것을 착각한다. 그리고 어느 한순간, 갑작스레 멈추어버린다. 더 이상 그녀가 아무것도 찾지 않으므로. 그토록 긴 여정 동안 그녀가 먹은 것은? 마을 주변에서 약간의 밥, 그렇다, 때때로, 호랑이에게 목이 물려, 버려져 썩어가는 몇 마리의 새, 과일 그리고 생선들, 갠지스강 전에, 벌써.

그녀는 몇 명의 아이를 만들었나? 먹을 것이 풍성한 캘커타에서, '프린스오브웨일스'의 가득 찬 쓰레기통, 그녀가 잘 알고 있는 작은 철책 앞에 더운밥이 놓여 있는 캘커타에서, 그녀는 불임이 되었다.

캘커타.

그녀는 머문다.

그녀가 떠난 지 10년이 되었다.

피터 모건은 쓰기를 멈춘다.

새벽 1시다. 피터 모건은 방에서 나온다. 밤의 캘커타의 냄새는 진흙과 사프란의 냄새다.

그녀는 갠지스 강가에 있지 않다. 움푹 팬 잡목 밑에는 아무것도 없다. 피터 모건은 대사관 취사실 뒤로 간다. 그녀는 거기에도 있지 않다. 그녀는 갠지스강에서 헤엄치고 있지도 않다. 그는 그녀가 섬으로 가는 것을, 그녀가 버스의 지붕에 올라앉아 거기까지 가는 것을, 여름 계절풍이 부는 동안 '프린스오브웨일스'의 쓰레기통이 그녀를 끌어당기는 것을 알고 있다. 문둥병자들, 그들도 깊은 잠에 빠진 채 그곳에 있다.

아이 매매賣買에 대해서는 안-마리 스트레테르가 피터 모건에게 이야기해주었다. 17년 전, 안-마리 스트레테르는 사반나케트 근처 라오스에서 이 매매 현장에 있었다. 이 또한 안-마리 스트레테르에 의하면, 걸인 여자는 사반나케트에서 쓰는 언어로 말할 것이다. 기간이 잘 들어맞지 않는다.

걸인 여자가 안-마리 스트레테르가 본 그 여자라기에는 너무 어리다. 그러나 피터 모건은 안-마리 스트레테르의 이야기에서 걸인 여자 삶의 한 삽화를 만들어낸다. 소녀들은 이 걸인 여자가 그들의 발코니 앞에, 그들의 미소 앞에 오래 멈추어 있는 것을 보았다.

피터 모건은 지금은 다 지워진 걸인 여자의 기억에, 이리저리 그러모은 안-마리 스트레테르의 이야기를 대체하길 원하는 것이다. 이것 없이 피터 모건은 캘커타의 이 걸인 여자의 광기를 설명할 말이 부족했을 것이다.

캘커타. 그녀는 머무른다. 그녀가 떠난 지 10년이 되었다. 언제부터 그녀는 기억이 없는가? 그녀가 말할 수 없었던 것 대신에 무엇을 말해야 하나? 그녀가 말하지 않을 것에 대해서? 그녀가 이미 보았음에도 모르고 있는 것 대신에? 기억에서 사라져버린 모든 것 대신에?

피터 모건은 잠든 캘커타를 배회한다. 그는 갠지스강을 따라 걷는다. 그가 서구인 협회 앞에 이르렀을 때, 테라스에서 부영사와 협회장의 모습을 본다. 이렇게 매일 저녁 이 두 사람은 이야기를 주고받는다.

이야기하는 쪽은 부영사다. 쉿소리 나는 목소리는 그의 것이다. 그들과 떨어져 있는 거리에서 그가 말하는 내용이 잘 들리지 않는다. 그러나 다가가는 대신 왔던 길로 되돌아선다. 그는 부영사가 하는 속내 얘기의 첫 단어도 듣고 싶지 않다.

대사관저 근처에 이르러 피터 모건은 정원 안으로 사라진다.

협회에는, 이 저녁, 브리지 놀이를 하는 사람들의 테이블이 하나 있을 뿐이다. 그들은 일찍 잠자리에 들었고, 만찬회는 내일이다. 협회장과 부영사는 갠지스강 앞 테라스에 나란히 앉아 있다. 이들은 카드놀이를 하지 않고 대화를 나눈다. 안에서 브리지 놀이를 하는 사람들은 그들의 대화를 들을 수 없다.

"내가 여기 온 게 20년이 됐어요." 협회장은 말한다. "에, 그리고 글을 쓸 줄 모르는 게 후회됩니다…… 내가 본 것이…… 내가 들은 것이 어떤 소설을 만들는지."

부영사는 갠지스강을 바라본다, 그리고 늘 그렇듯이 그는 답하지 않는다.

"……이 나라들," 협회장은 계속한다. "이것들은 매력이 있지요…… 사람들은 결코 잊지 못해요. 그리고 유럽에 가서는, 지루해합니다. 여기야 늘 여름이고 물론 힘들지만…… 그러나 이 열기에 익숙해지면…… 아!…… 무더위…… 거기서의 무더위에 관한 추억…… 이 거대한 여름의…… 기막힌 계절."

"기막힌 계절." 부영사는 되뇐다.

매일 저녁 협회장은 인도에 대해, 그의 인생에 대해 이야기한다. 그리고 라호르 주재 프랑스 부영사도 인생에 대해 그가 원하는 것을 이야기한다. 협회장은 부영사 앞에서 어떻게 처신해야 하는지를 알고 있다. 그는 대수롭지 않은 얘기들을 한다. 부영사는 귀 기울이지 않으나, 때때로 끝에 가서 그의 쇳소리 나는 목소리가 열린다. 때때로 부영사는 아주 오랫동안 거의 알아들을 수 없게 얘기한다. 때때로 그의 언술은 명백하다. 캘커타에서, 그가 한 말이 어떻게 왜곡되는지를 그는 모르는 듯하다. 그는 그것을 모르고 있다. 협회장을 빼놓고는, 아무도 그에게 말을 건네지 않는다.

협회장은 자주 부영사가 한 말에 대해 질문을 받는다. 캘커타에서 사람들은 알고 싶어 한다.

카드놀이를 하던 사람들은 떠났다. 협회는 비어 있다. 테라스를 따라 길게 장식되어 켜져 있던 분홍색 작은 전구들의 불빛이 방금 꺼졌다. 부영사는 협회장에게 안-마리 스트레테르에 대해, 그녀의 연인들에 대해, 그녀의 결혼, 그녀의 일과, 그녀의 섬 체류에 대해 아주 오랫동안 질문을 던졌다. 그는 알고 싶어 하던 것을 알아낸 것처럼 보였다. 그러나 여전히 그는 떠나지 않고 있다. 지금 그 둘은 말없이 앉아 있다. 그들은 마셨다, 그들은 매일 저녁 협회의 테라스에서 많이 마신다. 협회장은 캘커타에서 죽기를, 결코 다시는 유럽으로 돌아가지 않기를 희망한다. 그는 부영사에게 자신의 욕망에 대해 몇 마디 말했다. 부영사는 협회장에게, 그 점에서는 찬성한다고 말했다.

이 저녁, 부영사가 협회장에게 안-마리 스트레테르에 대해 많이 물었음에도 자신과 관련해서는 말을 아꼈다. 협회장은 말하기를 기다린다. 지금, 부영사는 그렇게 한다.

부영사는 묻는다.

"사랑이 이루어지려면, 상황에 도움을 주는 것이 필요하다고 생각하십니까?"

협회장은 부영사가 말하고자 하는 바를 이해하지 못한다.

"사랑이 일어나려면, 어느 맑은 아침 사랑한다는 감정으로 만나려면, 사랑을 구하러 가야 한다고 생각하시나요?"

협회장은 여전히 이해하지 못한다.

"사람들은 무언가를 가져다가," 부영사가 말을 잇는다. "대개는 그것을 자신 앞에 놓고 사랑을 줍니다. 여자란 가장 단순한 그런 것 아닐까요."

협회장은 부영사에게 그가 캘커타의 한 여인에게 사랑을 느끼고 있는지를 묻는다. 부영사는 이 질문에 대답하지 않는다.

"여인이 가장 단순한 그 무언가일 겁니다." 부영사는 대답한다. "이것이 내가 방금 발견한 것입니다. 나는 지금껏 사랑을 경험해본 적이 없습니다. 내가 당신에게 얘기했던 가요?"

아직. 협회장은 하품한다. 그러나 부영사는 별로 개의치 않는다.

"나는 동정童貞이요." 부영사가 말을 잇는다.

협회장은 취기에서 빠져나와 부영사를 쳐다본다.

"나는 여러 번에 걸쳐 각기 다른 사람을 사랑해보고자 노력했습니다. 그러나 결코 끝까지 가본 적이 없습니다. 나는 결코 사랑하려는 노력을 멈춘 적이 없어요. 이해하시겠습니까, 회장?"

협회장은 부영사가 말하고자 하는 바를 이해하지 못했다고 생각한다. 그는 말한다. 당신 말을 듣고 있습니다. 그는 준비되었다.

"나는 이제 노력하지 않아요." 부영사가 말을 잇는다. "몇 주 전부터요."

부영사는 협회장 쪽으로 돌아앉는다. 손가락으로 자신을 가리킨다.

"내 얼굴을 보세요." 그는 말한다.

협회장은 시선을 돌린다. 부영사는 갠지스강 쪽으로 얼굴을 돌린다.

"사랑하지 못하니 나는 나를 사랑하려고 애썼습니다. 그러나 거기에 다다르진 못했어요. 그럼에도 불구하고 지금까지는 나 자신이 더 좋더군요."

"당신이 무슨 말을 하고 있는지 혹시 모르는 것 아닙니까?"

"그럴지도요." 부영사는 말한다. "나를 사랑하려고 애쓰다 보니, 오랜 시간에 걸쳐 흉해지고 말았어요."

"당신이 동정이라고 한 말을 믿습니다." 협회장은 말한다.

이 고백에 그는 만족한 것 같다. 협회장은 말을 잇는다.

"이곳 사람들이 이 사실을 알면 마음의 부담을 덜 것입니다."

"내 얼굴이 어떻소, 말해주시오, 회장?" 부영사가 묻는다.

"여전히 할 수 없습니다." 협회장이 말한다.

부영사는 태연하게 계속 말한다.

"내가 도착하던 날, 나는 대사관 정원을 가로질러 테니스장 쪽으로 가는 한 여인을 보았습니다. 이른 시각이었어요. 나는 정원을 산책하고 있었고 그녀와 마주쳤습니다."

"그녀예요, 스트레테르 부인." 협회장이 말한다.

"그럴지도요." 부영사가 말한다.

"나이보다 젊어 보이지요. 여전히 아름답고요?"

"그럴지도요."

그는 침묵한다.

"그녀가 당신을 보았습니까?" 협회장이 묻는다.

"네."

"그에 대해 좀더 얘기해줄 수 있습니까?"

"어떤 의미로요?"

"그 만남에 대해서……"

"그 만남이요?" 부영사가 묻는다.

"그 만남이 당신에게 미친 영향, 그에 대해 무언가 얘기할 수 있습니까?"

부영사는 오래 생각한다.

"당신은, 당신은 내가 그럴 수 있을 거라고 생각하십니까, 회장?"

협회장은 그를 바라보았다.

"그에 대해 무언가 얘기할 수 있을 거예요. 우리끼리의 얘기로 남겨두지요, 약속해요."

"지금 찾고 있어요." 부영사가 말한다.

그는 여전히 침묵하고 있다. 협회장은 하품한다. 부영사는 그것을 알아채지 못한 기색이다.

"그래서요?" 협회장이 묻는다.

"이미 당신에게 한 얘기를 반복할 수 있을 뿐이요. 내가 도착하던 날, 나는 대사관 정원을 가로지르는 한 여인을 보았습니다. 그녀는 텅 빈 테니스장 쪽으로 가고 있었지요. 이른 시각이었어요. 나는 정원을 산책하고 있었고 그녀와 마주쳤습니다. 계속 얘기할까요?"

"이번에 당신은," 협회장은 말한다. "테니스장이 텅 비어 있었다고 말했어요."

"그건 무언가를 의미하지요." 부영사가 말했다. "테니스장은 실제로 텅 비어 있었습니다."

"그게 그렇게 큰 차이가 납니까?"

협회장은 웃는다.

"실제로 큰 차이지요." 부영사가 말을 잇는다.

"어떤 차이죠?"

"감정적인 차이랄까요? 왜 아니겠소?"

부영사는 협회장에게서 아무런 대답도 기다리지 않는다. 협회장은 꼼짝도 하지 않는다. 협회장 생각에, 부영사는 때때로 헛소리를 한다. 이 상태가 사라지기를, 그리고 부영사가 덜 복잡한 화제로 돌아오기를 기다리는 편이 낫다.

"회장," 부영사가 말을 계속한다. "당신은 아직 대답하지 않았습니다."

"당신은 그 누구에게서도 대답을 기다리지 않아요. 누구도 당신에게 답할 수 없어요. 이 테니스장······ 자, 해보세요, 들을게요."

"나는 그녀가 떠난 후에 테니스장이 텅 비었다는 것을 알아차렸습니다. 대기에 작은 파열이 일어났어요, 그녀의 치맛자락이 나무에 스치면서 내는. 그리고 그녀의 시선이 나를 향했습니다."

협회장이 바라보자 그는 몸을 숙인다. 그는 자주 이 자세를 취한다. 머리를 가슴 위로 숙이고, 그렇게 움직이지 않고 앉아 있다.

"자전거 한 대가 그곳에, 테니스장의 철책에 기대어 있었지요. 그녀는 자전거를 타고 산책로로 떠났습니다." 부영사는 계속한다.

그의 노력에도 불구하고, 협회장은 부영사의 얼굴에서 아무것도 알아채지 못한다. 이번에도 부영사의 말은 어떤 대답도 이끌어내지 못한다.

"여인은 어떤 방법으로 잡히는 걸까요?" 부영사가 묻는다.

협회장은 웃는다.

"무슨 이야기가 그래요." 협회장이 말한다. "취했군요."

"사람들은 때때로 그녀가 아주 슬프다고 하던데, 회장, 그게 정말이오?"

"그래요."

"그녀의 애인들이 그렇게 말합니까?"

"그렇죠."

"나는 그녀를 슬픔으로 이해할 겁니다." 부영사는 말한다. "그렇게 하는 것이 허용된다면 말이죠."

"그렇지 않으면?"

"어떤 사물이 도움이 될 수 있겠지요. 그녀가 건드린 나무나 자전거 또한. 회장, 자고 있어요?"

부영사는 생각에 잠긴다. 협회장을 잊은 채 말을 잇는다.

"회장, 자지 말아요."

"안 자요." 협회장이 중얼거린다.

오늘 저녁 협회에서는 여행 중인 두 영국인이 식사를 했다. 그것이 다다. 그들은 지금 떠나고 없다.

대사관의 만찬회는 11시경, 두 시간 후에 시작될 것이다. 협회는 비어 있고 바에는 불이 꺼져 있다. 테라스에는 갠지스강을 마주 보고 협회장이 앉아 있다. 이 저녁 또한, 매 저녁 그렇듯이 협회장은 부영사를 기다린다.

그가 나타난다. 그는 협회장처럼 갠지스강을 마주 보고 앉는다. 조용히, 그들은 마시기 시작한다.

"회장, 들어보세요." 이윽고 부영사가 말한다.

협회장은 전날 저녁보다 더 많이 마신 뒤다.

"나는 기다리면서 여기 앉아 있었지요." 협회장이 말한다. "내가 정확히 무얼 기다렸는지는 모르겠어요. 아마도 당신을?"

"나를 기다렸죠." 부영사가 확인해준다.

"듣고 있어요."

부영사는 침묵한다. 협회장이 그의 팔을 잡아 흔든다.

"텅 빈 테니스장에 대해 더 말해주세요." 협회장이 말한다.

"자전거가, 이 여인이 남긴 자전거가 거기 있습니다, 23일 전부터."

"잊힌 채로?"

"아니요."

"당신이 오해하고 있어요." 협회장은 말한다. "여름 계절풍이 시작되면서부터 그녀는 정원 산책을 멈추었어요. 자전거는 잊혔던 거요."

"아니요, 그게 아니에요." 부영사는 말한다.

부영사가 하도 오랫동안 침묵하고 있어서 협회장은 반쯤 잠이 들었다. 부영사는 쇳소리 나는 목소리로 그를 깨운다.

내가 즐거운 행복을 맛본 것은 센에우아즈의 기숙사에서였죠. 그는 말한다. 이 이야기를 했던가요?

아직 하지 않았다. 협회장은 하품을 한다. 그러나 부영사는 개의치 않는다.

"무슨 행복을 알았다고요?" 협회장이 묻는다.

"즐거운 행복이요. 나는 그것을 학교에서, 센에우아즈에 있는 몽포르의 고등학교 과정에서 알았습니다. 듣고 있습니까, 회장?"

협회장은 말한다. 듣고 있어요. 그는 준비되었다.

부영사는 쇳소리 나는 목소리로, 졸다가 다시 깨어나 웃고, 다시 잠들었다가 깨어나는 협회장에게 — 그의 이야기가 상대를 지루하게 한다는 것을 부영사는 별로 개의치 않는 듯하다 — 몽포르에서의 즐거운 행복에 관해 이야기한다.

몽포르에서의 즐거운 행복은, 몽포르를 파괴하는 데 있었다고 프랑스 부영사는 말한다. 그것을 원했던 사람은 많았다. 이런 종류의 일을 위한 방법에 대해, 부영사는 몽포르에서 한 것 이외의 더 훌륭한 방법을 알고 있지 않다고 이야기한다. 악취 나는 둥근 덩이를 먼저 매 끼니 식사에, 수업 시간에, 교실에, 면회실에 그리고 기숙사 침실에, 그리고 그리고…… 웃음이, 굉장하게 터져요. 몽포르에서 우리는 허파가 끊어지게 웃었어요.

"악취 나는 둥근 덩이, 가짜 똥, 가짜 벌레," 부영사는 계속한다. "가짜 생쥐를, 사방에 진짜 똥을 모든 책임자의 책상 위에 놓아뒀지요. 몽포르의 우리는 더러웠습니다."

그는 말을 멈춘다. 협회장은 움직이지 않는다. 다시 한번, 이 저녁, 부영사는 심하게 헛소리를 한다.

"교장은 말하곤 했지요." 부영사가 말을 잇는다. "그가 교직에 있은 지 19년이 되었지만, 이 같은 일은 생전 처음 본다고요. 그의 말인즉슨, 악의와 수치 속에서의 인내라고 하더군요. 그는 고발하는 사람에게는 자유를 약속한다고 했지요. 우리는 입을 열지 않았죠. 몽포르에서는 아무도, 절대로.

우리는 서른두 명이었고 단 한 명의 이탈자도 없었습니다. 교실에서 우리의 행실은 완벽했지요. 우리의 악행은 더 이상 산만하지 않고, 집중해서 정곡을 찔렀으니까요. 기숙사 전체가 열정을 쏟았지요. 우리는 매일 점점 더 그들을 건드렸죠. 우리는 어떻게 해야 하는가를 배우고, 결정적인 폭발을 기다리고 있었습니다. 이해하시겠어요?"

협회장은 자고 있다.

"정말 지겨워요!" 그는 말한다.

부영사가 그를 깨운다.

"내가 지금 털어놓은 것은 아마도 사람들이 가장 관심 가질 내용일 텐데요. 자지 말아요. 당신 차례요, 회장."

"대체 무얼 알고 싶으시오?"

"마찬가지요, 회장."

"우리는," 협회장은 시작한다. "나는 파드칼레의 아라스 근처 시골에 자리 잡은 엄격한 학교에 있었지요. 우리는 472명이었습니다. 사감들은 밤에 우리를 놀라게 하지 않으려고 애쓰면서 기숙사를 돌아다니곤 했지요. 우리는 그들에게 고약하게 굴었어요. 당신도 자지 말아요. 어느 날 아침, 자연과학 교사가 교실로 들어와서 시험이 있을 거라고 우리에게 알렸죠. 내가 기억하기로는 — 자지 말아요 — 사막, 사구와 해변, 침투성의 바위 암벽과 수상식물에 대해, 그리고 그가 말하기를 — 표현이 기가 막힙니다, 들어

보세요 — 사람들이 음지와 양지식물이라 부르는 것에 대해 복습할 거라고 말했습니다. 그러니까 오늘은 복습을 하자고요. 교실 안의 정적이라니. 생쥐가 기어다니는 소리를 들을 수 있을 지경이었지요…… 고약한 냄새가 나는군, 교사가 말합니다. 말뿐 아니라 실제로 고약한 냄새가 납니다. 아, 자지 마세요. 중요 지점이에요. 교사는 분필을 꺼내려고 교탁 서랍을 엽니다. 그는 그곳에서 진짜 똥 덩어리를 발견하지만, 가짜 똥과의 차이를 알아내지 못하지요. 그는 전날처럼 이 똥은 가짜겠지 중얼거리면서 손 가득히 그것을 움켜잡습니다. 그러고는 고함을 치기 시작합니다, 고함을 쳐요……"

"자, 거봐요, 회장."

"무엇을요?"

"계속하세요, 회장."

"그래서 모든 교사가 모입니다. 교장도, 모든 사감도, 모든 직원도. 허파가 끊어질 듯 웃어 젖히는 우리 앞에서 그들은 주둥이를 굳게 다물고 기다리는데, 말 한마디조차 하지 못합니다. 참, 이것을 잊었군요. 자연과학 교사는 오른손은 들어 올린 채 다른 손으로는 똥 옆에 놓인 내가 쓴 종이쪽지를 쥐고 있습니다. 나는 이렇게 썼습니다. 피고는 똥이 잔뜩 묻은 당신의 오른손을 쳐들고 말하시오. 나는 내가 머저리임을 선서합니다. 오후에 교장이 지나갑니다. 그는 창백합니다. 나는 아직도 그의 목소리가 들리는 듯해요. 대체 누가 서랍에 똥을 쌌나요? 그는 여러 증거를 가지고 있고, 이 똥이 증거라고 덧붙였어요."

프랑스 부영사와 협회장은 어둠 속에서 겨우 서로를 분간할 수 있을 정도다. 협회장이 웃는다.

"그건 회장, 당신에게도 즐거운 행복이었군요."

"당신이 말한 대로요."

"거봐요, 회장. 계속하세요."

"그 후 우리의 행동반경은 줄어들었지만, 여전히 우리는 찾아냅니다. 요리사 입에 재갈을 물려 그를 부엌에 가두고, 영성체를 받는 사람들이 교회의 중앙 통로에 있는 성단聖壇으로 갈 때 발을 걸어 넘어뜨립니다. 기숙사의 모든 문을 이중 자물쇠로 잠그고 모든 전구를 깨죠."

"퇴학 처분은?"

"그럼요, 학교는 그걸로 끝이지요. 그런데 당신은?"

"퇴학이죠. 다른 기숙사에서 받아주길 기다리면서 보냈죠. 아무도 상관하지 않았지만, 어쨌든 당신들보다 상급 과정을 마칠 예정이었지요. 나는 어머니와 단둘뿐이었습니다. 그녀는 애인이 떠나서 울어요."

"헝가리 의사요?"

"맞아요. 어머니는 성인이죠. 그 문제에 대해서는 상관하지 않았어요. 몽포르의 응접실에서 내게 짓궂은 장난과 속

임수를 걸던 어머니의 애인이 그립군요."

"사람들은 당신의 어린 시절에 역점을 두고 있어요, 부영사."

"나는 내가 할 수 있는 것을 할 뿐이오, 회장."

"나는 언제 당신이 이 부질없는 얘기들을 할는지 전혀 알 수가 없어요, 드 아슈 씨. 이건 별로 중요하진 않지만, 어머니가 브레스트의 음반 상인과 결혼한 후 당신은 뭘 합니까?"

"뇌이의 내 집에 있었죠. 긴 나날들이 나를 몽포르에서 그리고 죽음에서, 네, 내 아버지의 죽음에서 멀리 떼어놓았어요. 당신한테 이 이야기를 했던가요? 내가 몽포르에서 나온 지 여섯 달 후에 아버지는 죽었습니다. 팔짱을 끼고 눈에는 눈물 한 방울 없이, 나는 그가 무덤 속으로 내려가는 것을 바라보았죠. 당신의 짐작대로, 나는 한 뇌이 은행의 눈물에 가득 찬 직원들의 주시 대상이었습니다."

"혼자 뇌이에서 뭘 하죠?"

"다른 곳에서 당신들이 하는 것요, 회장."

"어떤 거요?"

"깜짝 파티가 열린 무도회에 가서 입을 다물고 있습니다. 사람들은 내게 손가락질하죠. 바로 그가 제 아버지를 죽였어 하는 투로. 나는 춤을 춥니다. 나는 바르게 행동했어요, 회장. 결론적으로 말하자면 나는 인도를 기다립니다. 나는 당신을 기다리지만, 그때는 그걸 모르고 있지요. 기다리는 동안 뇌이에서 나는 서툴렀습니다. 나는 전등을 깨뜨립니다. 아시겠어요? 전등이 떨어지고 깨집니다. 나는 텅 빈 복도에서 그것들이 떨어지면서 내는 요란한 소리를 듣습니다. 벌써 뇌이에서부터,라고 말해도 됩니다, 이해하시겠어요? 그가 공포로 얼어붙었군,이라고 말하세요. 텅 빈 집에 사는 한 젊은이가 전등을 깨고 왜 그랬는지를 자문합니다, 왜. 한꺼번에 다 말하지 마세요. 이야기를 길게 끌어보세요."

"부영사, 내게 무엇을 숨기고 있습니까?"

"아무것도요, 회장."

부영사의 눈은 거짓말하고 있지 않다.

"회장," 부영사는 말을 잇는다. "나는 내 인생의 이 시기가 여기 캘커타에서 더 계속되기를 바라요. 사람들이 생각하는 것처럼 나는 내 임명을 기다리고 있지 않습니다. 그와는 반대로 나는 그것이 다시, 또다시 지연되기를, 가능하다면 계절풍이 끝날 때까지 지연되기를 바라고 있습니다."

"그녀 때문에?" 미소 지으면서 회장이 묻는다.

"회장, 듣고 싶어 하는 사람들에게 얘기하세요. 내가 당신에게 한 모든 이야기를, 그 말을 듣고 싶어 하는 사람들에게 하세요. 만약 그들이 내게 익숙해진다면, 나는 캘커타에 좀더 머무를 거요. 오늘 저녁에는 이만하면 만족하십니까, 회장?"

"그러니까," 회장은 말한다. "알아서 할게요. 텅 빈 테니스
장 그것도 얘기해도 됩니까?"

"전부 다요, 회장, 전부."

부영사는 다시 한번 협회장에게 섬에 대해, 안-마리 스트
레테르가 자주 가는 섬에 대해, 그렇다, 한 번 더 얘기해달
라고 요구한다. 협회장은 말한다. 요즘은 태풍이 일어날 시
기라, 바다는 점점 더 거칠어진다, 밤에 종려나무는 바람에
몸을 튼다. 그녀가 가는 이 섬은 가장 큰 섬인데, 거기서는
차들이 사방으로 달리는 것 같다. 종려나무들은 들판을 최
대속력으로 달리는 기차처럼 으르렁거린다. '프린스오브웨
일스'의 종려나무 지대는 유명하다. 전기가 통하는 철책이
섬의 북쪽을, 구걸 행각으로부터 섬을 보호하는 데 이 철책
은 아주 유용하다. 부두를 따라 망고나무들이 늘어서 있고,
정원에는 유칼립투스들이 있다. 종려나무로 큰 호텔을 둘러
치는 것은 인도 전통이다. 해가 질 때, 인도양의 하늘은 붉
게 물들고 아주 자주 이러하다. 섬으로 가는 길 위에는 붉
은 빛 속에 길고 어두운색의 횡선들, 종려나무 등치의 그림
자들이 있다. 인도에는 사방에 종려나무 숲이 있고, 실론의
말라바르 해안에는 넓은 산책로가 '프린스오브웨일스'의 산
책로를 가로지른다. 이 길은 구획 지어진 작은 별장들, 호텔
의 화려하고 은밀한 별관으로 이어진다. 아! '프린스오브웨
일스'! 섬의 서쪽 해안에는 석호가 하나 있다. 그러나 아무도

그곳에 가지 않는다. 철책의 한계선 밖에 있기 때문이다. 협회장이 잘 기억하고 있다면 섬은 이러하다.

부영사는 오늘 저녁 만찬회에 갈 것인가? 회장은 묻는다.

그는 그곳에 간다, 그렇다. 자, 그는 그곳에 간다. 그는 일어섰다. 협회장은 그를 바라본다.

"테니스장에 대해 아무에게도 말하지 않을 겁니다." 협회장은 말한다. "비록 당신이 그걸 요구한다 할지라도."

"좋으실 대로."

그가 멀어진다. 그는 협회를 둘러싼 잔디밭을 가로지른다. 가로등의 노란 불빛 속에 그가 보인다. 그는 가볍게 비틀거린다, 그의 키는 너무 크고, 너무 말랐다. 그는 빅토리아가街로 사라졌다.

협회장은 갠지스강을 마주하고 다시 자리에 앉는다.

그들이 함께 보내는 저녁나절들은 필경 점점 더 지루해질 것이다. 라호르 주재 프랑스 부영사는 그의 인생에 대해서나 그 자신에 대해서 더 이상 새롭게 얘기할 것도, 지어낼 거리도 없을 것이며, 협회장 또한 그의 인생에 대해서나 섬에 대해서, 캘커타 주재 프랑스 대사의 부인에 대해서도 더 이상 이야기할 혹은 지어낼 새로운 거리가 없을 것이므로.

협회장은 잠이 든다.


갠지스 대로 위의 한 창문, 부영사의 창문이 밝혀져 있다.

저녁 시간, 그 앞을 지나치는 사람들은 누구나 볼 수 있다, 그는 야회복을 입었고, 이 방에서 저 방으로, 돌아가는 선풍기 아래를 걷는다. 그의 표정은 대로와 숙소 사이의 거리에서 보기에는, 평온한 듯 보인다.

  그는 나선다. 여기 정원을 가로질러, 프랑스 대사관의 빛나는 살롱을 향해 걸어간다.

캘커타의 이 밤, 대사 부인 안-마리 스트레테르는 접대용 뷔페 옆에 있다. 그녀는 미소 짓는다. 그녀는 검은 옷을 입고 있다. 얇은 검은 망사로 된 두 겹의 시드 드레스다. 그녀는 샴페인 잔을 내민다. 잔을 내밀고, 주위를 둘러본다. 나이가 들면서 그녀의 모습은 수척해졌고, 그것이 가냘프고 긴 뼈대를 잘 드러나 보이게 한다. 그녀의 두 눈은 지나치게 맑고, 마치 조각상처럼 두드러져 보인다. 그녀의 눈꺼풀은 얇다.

  그녀는 주위를 둘러본다. 한 정복자의 이름을 딴 곧게 뻗은 거리를, 햇빛에 붉게 반짝이는 장식을 달고 헌병대가 지나가는 모습을 공식 연단에서 바라볼 때 그랬듯이, 이 밤, 추방당한 자의 바로 그 시선으로. 모인 사람 중 한 남자가 그것을 포착한다. 1등 서기관으로 남아 있을, 캘커타에 온 지 몇 주 되지 않은 서른두 살의 샤를 로세트.

  그녀는 영국인 쪽으로 다가가 시원한 음료를 원하면 뷔페로 가라고 말한다. 터번을 쓴 급사들이 그들을 접대한다.

사람들은 말한다. 보셨어요? 그녀가 라호르의 부영사를 초대했어요.

참석자는 비교적 많다. 그들은 40명가량이다. 연회장은 넓다. 천장에서 돌고 있는 아주 커다란 선풍기가 없다면, 창에 쳐진 가느다란 철망, 그것을 통해 마치 안개 속인 듯 정원을 볼 수 있지만 아무도 바라보지 않는 철망이 없다면, 프랑스의 해변 휴양지에 위치한 여름의 카지노 연회장들과 같다. 무도장은 팔각으로 프랑스 제1제정 시대의 녹색 대리석으로 되어 있고, 팔각의 각 모서리에는 프랑스에서 가져온 정교한 화초들이 놓여 있다. 벽 위 액자에는 가슴에 붉은 훈장을 단 프랑스 대통령이, 그 옆에는 외무부 장관의 사진이 걸려 있다. 사람들은 말한다. 마지막 순간에 그녀가 라호르의 부영사를 초대했어요.

이제 그녀는 대사와 함께 무도회를 연다. 등한시된 예식을 지킨다.

이제 다른 사람들도 춤을 출 것이다.

천장에 매달린 선풍기는 음악 너머로, 천천히 흐르는 폭스트롯의 곡 너머로, 모조 샹들리에 너머로, 빈 울림과 가짜의 모조 금장식 너머로, 질겁해 놀란 새가 내는, 고정된 날갯짓의 소리를 내고 있다. 사람들은 말한다. 바 옆에 갈색 머리 사람이야, 왜 그녀가 그를 초대했을까?

그녀는 궁금증을 일으킨다, 캘커타의 이 여인은. 그 누구도 그녀가 어떻게 시간을 보내는지 잘 알지 못한다. 그녀는 특히 이곳으로 손님을 초대한다. 갠지스 강가에 위치한 해외 지점 은행 자리였던 그녀의 저택으로 초대하는 일은 극히 드물다. 그럼에도 그녀는 무엇엔가 몰두하고 있다. 사람들은 그녀가 독서하고 있는 것을 보는데, 그것은 그녀가 다른 모든 일거리를 없애면서인가? 그렇다. 테니스를 치고 산책을 하고 난 후, 그녀가 방에 갇혀 다른 무슨 일을 하겠는가? 책이 든 소포 꾸러미가 프랑스에서 그녀 앞으로 도착한다. 그 밖의 다른 것은? 그녀를 닮은 딸들과 그녀는 매일 몇 시간을 같이 보내는 듯하다. 사람들은 한 젊은 영국 여자가 그녀의 딸들을 교육시키는 것을 알고 있다. 그녀들이 행복한 유년을 보내고 있고, 안-마리 스트레테르는 딸들의 교육에 많은 시간을 보낸다는 소문이다. 만찬회 동안 그녀의 딸들은 잠깐잠깐 나타난다 — 오늘 저녁에도 나타났다 —, 그녀들은 어머니의 바람대로 얼마간 거리를 두고 있다. 살롱에서 그녀들이 나오자마자 사람들은 속삭인다. 큰딸은 필경 어머니만큼 아름다울 거야. 그들은 같은 매력을 지니고 있어. 아침에 그들 셋은 흰색 반바지 차림으로 대사관의 정원을 지나간다. 그리고 여전히 매일 아침 정원을 지나쳐 테니스장으로 가거나 산책을 한다.

사람들은 묻는다. 대체 그가 무얼 했을까요? 난 그 일에 대해 조금도 몰라요.

"그는 최악의 일을 저질렀어요. 뭐라고 말해야 할까요?"

"최악의 일이라면? 죽였나요?"

"그는 한밤중, 문둥병자들과 개들이 숨어 있는 샬리마르 정원에 대고 총을 쏘았어요."

"그러나 문둥병자들이나 개들이라면, 문둥병자들이나 개들을 죽이는 게 어디 죽이는 것인가요?"

"그리고 또 라호르 관저의 거울 속에서도 탄환이 발견됐대요, 아시겠어요?"

"문둥병자들을 멀리서, 당신은 알아보시겠어요? 다른 것들과 그들을 구별하기는 힘들지요, 그러니까……"

사람들이 이 유명한 별장, 갠지스강 어귀의 깨끗한 섬 안에 위치한 이 별장의 존재를 알려준 것은 그가 캘커타에 도착한 직후는 아니다. 이 별장은 프랑스 대사관 직원들이 마음대로 사용하게 되어 있다. 안-마리 스트레테르의 딸들이 혼자서 정원을 가로지른다, 왜 그녀들이 혼자인지 궁금해한다, 사람들이 이유를 알게 된다. 특히 여름 계절풍의 고통스러운 무더위에 자주 일어나는 일이다.

"소리 지르는 게 들려요?"

"문둥병자들이나 개들인가요?"

"개들이나 문둥병자들이지요."

"당신이 알고 있으니 하는 얘기지만, 왜 문둥병자들이나 개들이라고 말씀하셨지요?"

"그저, 음악 때문에, 멀리서 개 짖는 소리와 문둥병자들의 잠꼬대를 혼동했어요."

"그렇게 얘기하는 게 좋을 거예요."

저녁에, 캘커타에서, 사람들은 컨버터블 자동차에 탄 이들 셋이 지나가는 것을 본다. 그녀들은 드라이브 중이다. 미소를 지으며 대사는 그의 보물들이 자동차로 떠나는 것을 바라본다. 그의 부인과 딸들이 찬데르나고르나 델타에 이르기 전, 바다로 이어지는 길로 바람을 쐬러 간다.

그녀의 어린 딸들도 캘커타의 그 누구도 갠지스강 어귀의 별장에서 그녀가 무엇을 하는지 알지 못한다. 사람들은 그녀의 연인들이 대사관 세계에서는 알려지지 않은 영국인들이라고 말한다. 사람들은 대사도 이 사실을 알고 있다고 말한다. 그녀는 델타의 별장에 결코 오래 머무르지 않는다. 그녀가 캘커타로 돌아오면, 아주 규칙적인 생활이 다시 시작된다. 테니스, 산책, 때때로 저녁의 서구인 협회. 이것이 사람들이 알고 있는 일이다. 그리고 또? 사람들은 알지 못한다. 그럼에도 캘커타의 이 여인, 그녀는 바쁘다.

사람들은 서로 묻는다.

"무슨 말로 설명해야 할까요?"

"그 일들을 저질렀을 때 그는 의식을 잃었던가요? 그는 자제력을 잃었던 걸까요?"

"보다시피, 그건…… 쉽지 않아요. 그가 라호르에서 한 짓을 어떤 말로 설명해야 할까요? 뭘 하는지도 모르고 자신에 대해 저지른 일은요?"

"밤에 그는 소리를 질렀어요, 그의 발코니에서."

"여기서도 그는 소리를 지르나요?"

"어디에서나요, 게다가 더 쉬쉬하는 이곳에서 왜 안 그러겠어요?"

자정이 약간 넘었다. 안-마리 스트레테르는 젊은 보좌관, 샤를 로세트에게 간다. 그 옆에는 라호르 주재 프랑스 부영사가 서 있다. 그녀는 그들에게, 물론 그들이 원한다면, 춤을 추어야 한다고 말하고 다시 떠난다. 그녀는 아마도 샤를 로세트가 앞으로 며칠간 그녀와 함께 섬에 가기로 지정되었기에 그에게 말을 하러 다가갔던 것 같다. 미소만 짓지 않았어도 이 여인이 교육을 잘못 받았다고 하겠어요, 사람들은 말한다. 초대된 사람 중 오늘 밤에는 그녀와 가까운 이들이 있을 것이다. 그들은 만찬회가 끝날 무렵에야 도착할 것이다.

사람들은 묻는다.

"그는 뭐라고 소리 질렀나요?"

"연결되지도 않고 뜻도 없는 몇몇 단어들이지요."

"라호르에는 이에 대해 조금이라도 얘기할 수 있는, 그를 아는 여자가 하나도 없나요?"

"아무도, 전혀."

"그의 관저 말이에요, 알고 있나요? 결코 아무도 라호르의 그의 관저에 간 적이 없어요."

"라호르에 있기 전, 그의 눈빛에는 아무런 조짐도 없었나요? 어떤 표시라도? 무슨 기색이라든지요? 나는 특히 라호르 부영사의 어머니에 대해 생각해요. 나는 그녀가 마치 소설에서처럼 피아노로 고전적인 세레나데를 연주하는 걸 보는 것 같아요. 그가 듣고 또 듣고 아마도 너무 들었을 젊을 때의 곡들 말이죠."

"그녀는 적어도 우리가 이 성가신 인물을 만나지 않게 해줄 수도 있었을 텐데요."

비록 안-마리 스트레테르가 원하지 않는다 할지라도 대사관에 초대되었다면 그녀에게 춤을 청해야 한다.

지나치면서 그녀는 남편에게 누군가에 대해 이야기했다. 샤를 로세트는 눈을 내리깔았다. 그것은 명백하다. 부영사도 그것을 보았다. 그는 여린 고사리 풀을, 검은 줄기를 만지작거린다. 그는 막 대사를 알아보았고, 그의 다음 임명이 대사의 호의에 달려 있다고 사람들은 생각한다. 몇 주 전부터, 그가 지연되는 대사의 부름을 기다리고 있다는 것을 샤를 로세트는 기억한다.

사람들은 말한다. 스트레테르 씨가 이런 유의 일을 허락하다니, 그녀가 이 저녁 그를 초대하도록 허락했다니 참 자유분방한 사람이지요. 그는 좋은 사람이에요. 그는 이제 경력의 막바지에 있어요. 유감스러워요. 그는 그녀보다 훨씬 나이가 많지요, 그래요. 그가 그녀를 라오스 국경 근처, 프랑스령 인도차이나의 작고 동떨어진 부서의 일반 관리에게서 빼앗았다는 것을 사람들은 알고 있었나요? 그럼요, 그로부터 17년이 지났죠. 스트레테르 씨가 임명되어 왔을 때는 그녀가 그곳에 도착한 지 불과 몇 주 지나지 않았을 때지요. 일주일 후에 그녀는 그와 함께 다시 떠났어요. 사람들은 이 일을 알고 있었죠?

사람들은 말한다. 그는 어쩌면 저렇게 말랐을까, 부영사는! 저 같은 젊은이가, 그러나 그의 얼굴은…… 어느 날 어머니가 떠나고 그는 혼자 남았어요. 캘커타의 전체가 아는 얘기죠. 그는 협회장에게 유년 시절의 방에 대해 얘기했대요. 그 방은 압지와 고무 냄새가 났고, 창문으로 숲속을 산책하는 사람들, 대체로 부드럽고 부끄럼 타는 산책객들을 바라보곤 했다지요. 그는 매일 저녁 어머니 옆에 와서 말없이 있었던 아버지에 대해 말했어요. 부질없는 얘기들, 그는 부질없는 얘기들을 해요.

사람들은 묻는다. 그리고 그는 라호르에 대해서 이야기하나요?

"아니요."

"절대로."

"그러면 라호르 전에 대해서는요?"

"네, 아라스에서의 유년 시절에 대해. 그러나 그건 무언가를 속이기 위해서가 아니겠어요?"

사람들은 말한다. 그러니까 대사가 그녀를 찾아낸 것은 프랑스령 인도차이나반도의 라오스에서였군요?

사람들은 본다. 메콩강을 따라 대로가 나 있고, 이 대로 뒤로 숲이 있다. 그것은 라오스의 사반나케트 근처에서였다. 사람들은 화기를 발밑에 놓아두고 그녀가 도착할 때까지 그것을 지킨 보초들을 본다. 사람들은 아마도 그녀를 다시 프랑스로 보내는 것에 대해 말했다. 그녀는 적응하지 못했다. 사람들은 말한다. 캘커타에서, 지금까지도, 사람들은 대사가 그녀를 발견했을 때 그녀를 가두고 있었던 것이 깊은 수치심인지, 사반나케트에서의 고통인지 아직도 알지 못한다. 결코 아무도 그것을 알지 못했다.

때때로 부영사는 매우 행복한 기색이다. 그는 미칠 듯이 행복에 겨운 듯했다, 때때로. 오늘 저녁 사람들은 그와 어울리지 않을 수 없다, 바로 이 때문인가? 이 저녁 그가 풍기는 분위기는 얼마나 이상한가. 그의 창백한 얼굴빛이라니……마치 그가 강한 충격을 받은 듯, 그러나 그 반응이 늘 뒤늦게 나타난다면 그것은 무엇 때문일까?

사람들은 말한다. 그는 저녁에 협회장과 이야기를 나누죠. 그리고 그 사람만이 그에게 몇 마디 말을 던집니다. 그가 얘기하는 아라스의 엄격한 기숙사는 상상을 불러일으켜요. 북쪽. 11월. 늘 이런 유의 기숙사에서 볼 수 있는 알전구 주위의 파리들, 갈색 리놀륨, 마치 거기에 있었던 것 같죠…… 운동장의 유니폼과 철망. 파드칼레와 그곳의 분홍빛 안개들. 그는 마치 우리가 거기에 있었던 것처럼 딱한 아이들,이라고 말하죠. 그러나 이것은 속이기 위해서가 아니겠어요?

"스트레테르 부인에 대해 얘기해주세요."

"나무랄 데가 없지요, 선량하고요. 아, 물론 당신은 그녀에 대해 무언가 늘…… 말할 거리를 찾겠지요. 그리고 인정이 많아요. 그녀는 다른 사람들이 하지 않는 행동까지 하지요. 대사관의 취사실 뒤로 지나가보세요. 거지들을 위해 마련된 찬물을 볼 수 있을 겁니다. 그녀는 잊지 않아요. 그것에 대해 생각하지요. 매일 테니스 치기 전에요."

"나무랄 데가 없다니, 설마, 설마요."

"아무것도 드러나지 않아요. 내가 캘커타에서 나무랄 데 없다고 부르는 것은 바로 그런 거예요."

"그러나 그는? 우리에게 피해를 준 그 사람 말이에요. 나는 그를 한 번도 못 봤어요."

그는 아주 아름다운 남자가 그렇듯이 키가 크고 갈색 머리에 불행하게도! 아주…… 젊다! 그의 눈을 쳐다보는 건 힘이 든다. 그의 얼굴은 표정이 없다, 라오스의 부영사는, 어딘지 죽은 사람 같다. 당신은 그가 조금 죽어 있다고 생각하지 않나요?

　대부분의 여인들은 집 안에 칩거하는 사람의 흰 피부를 지니고 있다. 그녀들은 살인적인 햇살을 피해 겉창을 닫고 산다. 인도에서 그녀들은 거의 아무 일도 하지 않고, 인도 내 프랑스에서 휴식하고 시선을 받으며 이 저녁 행복하게 집 밖으로 외출했다.

　"이것이 계절풍 전의 마지막 만찬회예요. 오늘 아침 하늘을 보셨죠. 그래요, 6개월 동안 계속될 이 빛……"

　"섬이 없었다면 뭘 할 수 있었을까요? 저녁때 섬은 아름답죠? 아…… 그게 바로 인도에 대해 애석해할 점이지요……"

　"여자들을," 남자들은 말한다. "다시 보는 것 말이죠, 프랑스에서처럼요. 비록 아주 보잘것없고, 프랑스에서라면 눈여겨보지도 않았을 여자라도 여기서는, 아 그게 얼마나 큰 반응을 일으키는지……"

　한 사람이 안-마리 스트레테르를 가리킨다.

　"나는 그녀가 거의 매일 아침 테니스장으로 지나가는 것을 바라봅니다. 아름답지요. 여인들의 다리는, 여기 이 끔찍함 속에 버티고 서 있는 다리들 말이에요, 그렇게 생각지 않으세요? 라호르의 부영사, 그 사람에 대해 더 이상 생각하지 마세요."

　샤를 로세트, 그리고 다른 사람들이 은밀히 그를 관찰하고 있다. 부영사는 그것을 눈치채지 못한 기색이다. 그는 자신에게 쏟아지는 사람들의 눈길을 전혀 알아채지 못하는가? 혹은 이 밤 다른 일에 정신을 빼앗기고 있는가? 알 수 없다. 그는 여전히 행복한 표정을 짓고 있다. 사람들은 그 행복이 어디서, 어떻게, 무슨 생각에서 비롯되는지 이해할 수 없다.

오늘 아침, 철책에 기대어놓은 자전거는 여전히 그곳에 있었다.

대사는 샤를 로세트에게 말했다. 그에게 말 좀 건네보시오. 그렇게 해봐요. 그가 부영사에게 말을 건넨다.

"저는 잘 적응하지 못합니다." 샤를 로세트는 말한다. "고백하건대 적응을 거의 못 하고 있어요."

미소가 떠오른다. 미소의 윤곽이 갑자기 얼굴에서 사라진다. 그는 마치 산책로에서처럼 비틀거린다.

"물론 힘들지요. 그러나 당신 생각에는 정확히 무엇 때문인 것 같습니까?"

"더위죠, 물론." 샤를 로세트는 말한다. "그러나 또한 이 무미건조함, 이 빛 때문이기도 해요. 거기에는 아무런 색깔도 없어요. 그리고 끝내는 내가 적응할는지의 여부조차 모르겠습니다."

"그 정도로요?"

"말하자면……"

"그렇습니까?"

"처음엔 확신이 없었죠." 샤를 로세트는 말한다, 그는 기억한다. "그런데 당신은, 당신이라면 이것 말고…… 다른 것을 선택했을까요?"

그의 입이 삐쭉 앞으로 나온다.

"다른 아무것도." 부영사는 말한다.

그가 「인디애나 송」의 가락을 휘파람으로 불기 시작한 것은 그가 자전거로 다가가고, 이번에는 자전거에서 충분히 멀어진 후였다. 샤를 로세트는 덜컥 겁이 났고, 집무실 쪽으로 급히 걸음을 옮기기 시작했다.

샤를 로세트는 여행 중인 학생 신분으로 이곳에 도착했지만, 날이 갈수록 눈에 띄게 늙어가고 있다고 말한다. 그들이 웃는다. 사람들은 말한다. 보셨어요. 그가 다른 사람과 웃었어요…… 더 굉장한 건 말이죠, 아시겠어요, 그가 이 초대를 받아들였다는 사실이지요. 냉소일까요? 그러나 그런 기색은 없는데.

키가 크고 마른, 새의 눈에, 피부는 햇볕에 타 홈이 팬 한 영국인 노인이 도착한다. 이 사람은 오래전부터 인도에 있었다. 그가 다른 부류의 인간임이 한눈에 보이지 않나요? 그렇게 생각하지 않으세요? 친근한 동작으로 그는 사람들을 바로 데리고 간다.

"혼자서 술을 마시는 습관을 가져야 합니다. 나는 안-마리 스트레테르의 친구, 조지 크론입니다."

부영사는 가볍게 흠칫 놀랐다. 그는 멈춘다. 그는 오랫동안 멀어져가는 조지 크론을 바라본다. 그는 다른 사람들의 시선, 그의 주위에 유지되는 빈 공간을 눈치채지 못한 기색이다. 그는 말한다.

"측근이군요. 인도에서의 폐쇄적인 모임, 비밀은 바로 이것이오."

그가 웃는다. 샤를 로세트는 그 쪽으로 몸을 움직여 바로 이끈다. 부영사는 그를 따라가는 것에 불쾌감을 느끼는 듯하다.

"이리 오세요." 샤를 로세트가 말한다. "확신하건대 여기서는 아무런…… 무엇을 두려워하십니까?"

부영사는 팔각의 무도장에 잠시 눈길을 주고 계속 미소 짓고 있다. 「인디애나 송」의 곡조는 고독하고 음울하며 역겨운 행위에 대한 기억을 찢는 듯한 상처를 준다.

"아니요, 전혀, 더 이상 두려울 게 없습니다. 난 그걸 알고 있어요. 나는 단지 배속되기만 기다립니다. 그 밖의 다른 것은 전혀. 그게 늦어지는군요. 물론 쉽지 않은 일이죠…… 다른 사람에 비해 어려운 건 ─ 그는 여전히 웃고 있다 ─ 내 임무를 감당할 능력이 있음을 보이는 일입니다. 그게 다예요."

부영사가 웃는다. 바 쪽으로 걸어가면서 그는 고개를 숙인다. 텅 빈 테니스장 근처의 여성용 자전거를 잊는다, 혹은 도망친다. 부영사를 기피하게 하는 것은 그의 목소리라기보다 시선이라고 샤를 로세트는 생각한다. 대사는 샤를 로세트에게 말했다. 사람들이 본능적으로 비켜서요…… 그는 두려움을 주는 그런 사람이지요…… 그러니 얼마나 외롭겠소, 그에게 말을 좀 건네보시오.

"봄베이가 당신 마음에 들 것 같다고 사람들이 말합니다."

"그러니까 그들이 나를 캘커타에 놔두지 않을 테니까 말이군요. 봄베이라고 안 될 것도 없지요."

"봄베이는 인구가 덜 밀집되어 있고 기후는 훨씬 낫지요. 바다가 가까이 있다는 점도 고려할 만하고요."

"아마도요." 그는 샤를 로세트를 바라본다. "당신은 여기 생활에 적응할 겁니다. 당신이 물의를 일으키리라고는 생각지 않소."

샤를 로세트는 웃는다. 그가 말한다. 여하튼 고맙습니다.

"나는," 부영사가 말을 잇는다. "물의를 일으키는 사람들을 알아보고, 다른 사람들과 그들이 이제 구별되기 시작합니다. 당신은, 아니에요."

샤를 로세트는 웃으려고 노력한다.

라호르의 부영사는 안-마리 스트레테르가 지나가는 것을 바라본다.

샤를 로세트는 이 시선에 별다른 주의를 기울이지 않는다. 그는 장난스러운 어조를 취한다.

"사람들은 당신 서류에 대해 — 이에 대해 얘기하는 것을 용서하십시오 — 당신이 힘든 사람이라고 얘기합니다." 샤를 로세트는 말한다. "알고 있었나요?"

"나는 내 서류에 관한 의견을 요구하지 않았소. 거기에 불안정하다는 단어가 있었다고 생각되는데, 안 그렇소?"

"솔직히 말해, 자세한 건 모릅니다." 그는 여전히 미소 지으려고 애쓴다. "멍청한 일이지요…… 힘들다는 단어는 아무 의미도 없습니다."

"사람들이 무슨 말을 합니까? 가장 최악의 것, 그건 무엇이오?"

"라호르."

"라호르가 그 정도로 혐오스러운가요, 다른 어느 곳과도 비교될 수 없을 만큼?"

"사람들은 비교하지 않고는 못 배기지요…… 당신한테 이런 말 하는 걸 용서하십시오. 그러나 사람들은 어떤 방식으로도 라호르를 이해할 수 없습니다."

"옳은 이야기요." 부영사는 말한다.

그는 샤를 로세트를 떠나 문 옆의, 여린 고사리 풀이 올라가는 기둥 옆 그의 자리로 되돌아간다. 그는 그곳에, 대중의 시선이 모인 한중간에 서 있다.

모두의 시선이 흩어지기 시작한다.

그녀는 아주 가까이 그를 지나쳤다. 그러나 이번에 그는 그녀를 바라보지 않았다. 그것은 눈에 띄는 일이다.

그제야 샤를 로세트는, 때때로 아침, 이른 시각, 스트레테르 부인이 대사관의 정원에서 자전거를 탔다는 것을 기억한다. 그리고 요 며칠간 사람들이 그녀를 보지 못했다면, 그것은 아마도 단순히, 그녀가 여름 계절풍 동안은 자전거를 타지 않기 때문이라는 것을.

자정에서 30분이 넘은 시각이다.

움푹 팬 잡목 밑, 갠지스 강가에서 그녀는 깨어난다. 그녀는 기지개를 켜고 불이 켜진 커다란 저택을 바라본다. 먹을 것. 그녀는 일어선다. 그녀는 미소 짓는다. 갠지스강에 몸을 담그는 대신 그녀는 불빛 쪽으로 다가간다. 캘커타의 다른 거지들은 이미 도착해 있다. 그들은 늦게, 음식 접시들이 거두어진 후에 배급될 남은 찌꺼기를 기다리면서, 작은 철책 앞에 나란히 누워 자고 있다.

부영사는 별안간 팔각의 홀 안에 서서 홀로 다른 사람들이 춤추는 것을 바라보고 있는 한 젊은 부인에게 다가간다.

그녀는 황망히 함께 춤출 것을 수락한다. 이 성급함이 그녀의 당황과 충격을 말해준다. 그들은 춤춘다.

"보셨어요, 그는 춤을 추려 하는군요. 다른 사람들처럼 바르게 춤을 추는데요."

"무엇보다도, 더 이상 그에 대해 생각하지 마세요."

"사실이에요, 그에 대해 더 이상 생각하지 않는 것, 그러나 참 어려운 일이지요. 그리고 대체 왜 그에 대해 생각하지 말아야 합니까? 그 대신에 다른 무엇에 대해 생각하겠어요?"

안-마리 스트레테르는 지금 샤를 로세트 혼자 있는 뷔페쪽으로 다가간다. 그녀는 친절하게 웃어 보인다. 자, 이제 그는 그녀에게 춤을 청하지 않을 수 없다.

처음이에요. 사람들은 말한다. 처음으로 그들이 춤을 추는군요. 그는 그녀의 마음에 들까요?

샤를 로세트와 안-마리 스트레테르는 15일 전 한 번 본 적이 있다. 대사관의 우아한 내실에서 열린 작은 환영식에서. 그녀는 새로 오는 사람들을 그곳에서 맞이한다. 프랑스 부영사도 오늘 저녁처럼 초대되었다. 두꺼운 분홍색 무명천으로 덮인 긴 의자 위에 그녀는 앉아 있었다. 그녀의 시선은 놀랍다. 이 긴 의자 위에서 미동도 없이 앉아 있는 그녀의 자세 또한.

환영식은 한 시간 동안 계속된다. 그녀의 딸들이 그녀 주위에 있다. 꼿꼿하게 앉은 그녀는 긴 의자에서 움직이지 않는다. 그녀의 옷은 희고, 그녀는 모든 백인처럼 캘커타의 건조한 열풍 속에서 창백하다. 세 사람은 주의 깊게 새로 온 이들 두 사람을 바라본다. 장-마르크 드 아슈는 침묵하고 있다. 샤를 로세트, 그에게는 여러 질문을 던지나, 이 또 다른 사람, 그에게는 아무런 질문도 없다. 캘커타에 대해서도, 라호르에 대해서도 한마디도 언급되지 않는다. 사람들은 부영사를 무시하고, 그는 그것을 받아들인다. 선 채로, 그는 침묵하고 있다. 마찬가지로 인도에 대해서도. 인도에 대해서도, 마치 그에 대해서인 것처럼 한마디도 언급되지 않는다. 그때, 샤를 로세트는 아직 라호르의 이야기를 모르고 있다.

그녀는 딸들과 함께 테니스를 친다고, 이어 이 비슷한 다른 이야기, 수영장이 쾌적하다고 말한다. 그들은 이후로는 이 내실, 그리고 그녀 또한 결코 다시 보지 못하리라고 생각한다. 만약 공식 만찬회나 서구인 협회가 없었다면, 사람들은 그녀를 다시 보았을 것인가?

"캘커타에는 잘 적응하세요?"

"그리 잘하지 못합니다."

"용서하세요…… 당신 이름이, 샤를 로세트가 맞지요?"

"네."

그는 미소 짓는다.

그녀는 고개를 들어 역시 웃어 보인다. 단 한 번의 시선, 그것으로 캘커타의 백인 사회의 문이 조용히 열린다.

그녀는 모르고 있다고 샤를 로세트는 생각한다. 그는 기억한다. 부영사가 침묵하고 있을 때, 그가 정원의 종려나무, 협죽도 그리고 멀리 있는 철책들과 보초들을 바라보고 있을 때, 스트레테르 씨는 잠시 체류하는 한 장교와 베이징에 대해 얘기한다. 그는 이해하고 있는가? 부영사가 여전히 침묵하고 있을 때, 그녀는 불현듯 말한다. 내가 당신 입장이었으면 좋겠어요, 난생처음으로 인도에 도착한, 특히 이 여름 계절풍이 부는 때에.

사람들은 그들이 떠나야 할 시간보다 더 일찍 떠난다.

그녀는 아무것도 모르고 있다. 캘커타에 있는 그 누구도. 혹 대사관의 정원사가 무언가를 알아챘을까, 하지만 그게 다다. 그들은 결코 아무 얘기도 하지 않을 것이다. 그녀, 그녀는 이 자전거를 잊어버렸을 것이다. 그녀는 여름 계절풍이 계속되는 동안 그것을 사용하지 않는다.

춤을 추면서 그녀는 묻는다.

"권태롭지 않으세요? 저녁, 일요일 같은 때 뭐 하세요?"

"책을 읽거나…… 잠을 잡니다…… 잘 모르겠습니다……"

"알다시피, 권태는 지극히 개인적인 문제지요. 사람들은 이때 무엇을 권해야 할지 잘 몰라요……"

"권태롭다고는 생각지 않습니다."

"책을 보내주신 데 대해 감사드려요. 아주 빨리 받게 해주셨어요. 만약 책을 원하신다면, 아주 간단해요. 제게 말하면 돼요."

그는 갑자기 다른 곳에 있는, 생소한 그녀를 본다, 춤추며 날아다니는 중에 붙잡혀 핀에 꽂힌 그녀를. 때때로 그녀의 딸들이 공부하는 동안, 오후에, 그렇다, 낮잠 시간의 적막 속에서, 그는 저택의 한구석에 숨어 있는 그녀, 버려져 쓰이지 않는 한 사무실에서 몸을 웅크린 채 엉뚱한 자세를 하고 책을 읽는 그녀를 본다. 그녀가 읽고 있는 것은…… 아니, 그것이 무엇인지 보지 못한다. 이러한 독서들, 델타의 별장에서 보내는 이 몇 밤들, 곧바른 자세는 흐트러지고, 무언가가 소모되고 표현되지만 이름 지을 말이 떠오르지 않는 그늘 속으로 사라진다. 빛을 동반하는 이 그늘, 그 안에 늘 안-마리 스트레테르가 나타나는 이 그늘은 무엇을 숨기고 있나? 찬데르나고르의 찌는 듯한 도로 위를 그녀가 딸들과 차로 달릴 때, 그녀의 쾌활함은 생소해 보인다.

그리고 멀리, 갠지스강의 하류쯤, 연인과 잠이 드는 밤의 어스름 속에서 그녀가 가끔 깊은 절망에 빠져든다고, 사람들은 말한다. 몇몇 사람들은 정체 모를 이것, 보는 사람들을 쉬게 하지만, 구체적으로 무엇으로부터인지는 알 수 없는 이 절망에 대해 말했다.

"요 몇 주간 그랬던 것처럼 만약 3년 내내 이런 식이라면," 샤를 로세트는 말한다. "당신의 말씀에도 불구하고 내가 끝까지 견뎌내리라고는 생각지 않습니다……"

"알다시피, 거의 아무것도 가능하지 않아요. 이것이 사람들이 말할 수 있는 모든 것이지요. 그러나 바로 이것이 대단한 일이지요."

"아마도 어느 날…… 대단하다…… 이 말을 어떤 의미로 쓰셨습니까?"

"아녜요, 그건…… 아무것도 아녜요…… 여기서는, 이해하시겠어요, 사는 게 힘들지도, 쾌적하지도 않아요. 말하자면 그건 다른 거예요, 우리가 생각하는 것과 달리 쉽지도, 어렵지도 않아요. 아무것도 아녜요."

협회에서는 다른 부인들이 그녀에 대해 얘기한다. 저런 삶은 어떤 걸까요? 어디서 그녀를 볼 수 있죠? 사람들은 알지 못한다. 그녀는 악몽 같은 이 도시에 만족한다. 잠들어 있는 물인가, 이 여인은? 그녀가 머문 첫해의 끝에 무슨 일이 일어났던 걸까? 아무도 설명하지 못한 채 그녀가 사라진 것은? 이른 새벽 저택 앞에 구급차가 있었다. 자살 기도? 그 뒤에 이어진 네팔 산에서의 체류는 설명되지 않은 채 남아 있다. 돌아왔을 당시 그녀는 무섭도록 수척했다. 그 외에 달라진 점은 없는가? 그녀는 여전히 말랐다. 그게 다다. 사람들은 그것이 사랑 때문도, 불행 때문도, 마이클 리처드와의 지나친 행복 때문도 아니라고 말한다.

그녀가 만약 이 말들을 들었다면 뭐라고 할까?

"사람들은 당신이 베트남 사람이라고도 하는데, 그게 사실입니까? 또 그것이 잘못된 소문이라고도 말하지요…… 협회에서요……"

그녀는 웃으며, 어머니 쪽이 그렇다고 말한다.

그녀가 자신에 대한 이 소문들을 들었을 때 뭐라 말할는지를 상상할 수 없다.

안나 마리아, 눈에 웃음을 담고, 열여덟 그녀는 수채화를 그리러 주데카의 부두로 가지 않았던가? 아니다, 그게 아니다.

"아버지는 프랑스인이었죠. 그러나 나는 젊은 한때를 베네치아에서 보냈어요. 우리가 다음으로 갈 곳은 베네치아일 거예요. 그러니까 요즘 우리가 생각하고 있는 거예요."

아니다, 그녀는 베네치아에서 음악, 피아노를 쳤다. 캘커타에서 그녀는 거의 매일 피아노를 친다. 가로수길을 지나가면서 사람들은 그것을 듣는다. 그녀가 어디에서 왔건, 모든 사람이 시인하는 것은, 그녀가 아직 어린 나이인 일곱 살에 음악을 배웠으리라는 것이다. 그녀의 연주로 보아, 그녀는 아마도 음악을 했을 것이다.

"피아노?"

"오, 피아노라면 어디서나, 오랫동안, 늘 쳐왔어요."

"나는 당신이 어디서 왔는지 알지 못합니다. 나는 당신이 사방 아무 데서나 왔다는 생각이 들어요. 아일랜드와 베네치아 사이의 어디쯤에서요. 디종에서, 밀라노에서, 브레스트에서, 더블린에서…… 영국인, 나는 당신이 영국인이라고 생각했어요."

"그리고 이들 도시보다 더 먼 곳에서 왔으리라고는 생각하지 않았나요?"

"아니요, 더 먼 곳에서라면, 그건 당신이 아니었을 거예요…… 여기…… 캘커타에서는."

"오!" 그녀는 미소 짓는다. "캘커타에서 그것이 나이건 혹은 다른 여인이건, 젊음의 막바지에서, 아시겠어요, 당신은 알아맞힐 수 없을 거예요."

"확신하세요?"

"말하자면 누군가가 단지 베네치아에서 왔다고 생각하는 것이야말로 단순하죠. 사람들은 긴 여정 중에 그들이 지나친 수많은 다른 곳에서 온 사람일 수도 있지요. 내 생각에는요."

"프랑스 부영사에 대해 생각하십니까?"

"다른 사람들처럼요, 물론이죠, 사람들은 내게, 여기 있는 사람 모두가, 그가 라호르 전에 어땠는지 궁금하다고 말하더군요."

"그러니까 당신 생각에는, 라호르 전에는 아무것도……?"

"그건 라호르에서부터예요. 나는 그렇게 생각해요, 그래요."

사람들은 말한다. 부영사가 춤추는 걸 보세요. 그녀, 그녀는 딱하게도 거절할 수 없었어요…… 그가 안-마리 스트레테르의 초대객인 만큼, 거절한다는 것은, 부영사를 우리에게 떠맡긴 그녀를 거스르는 일이 될 테니 말이죠.

춤추면서, 부영사의 눈은 다른 곳에, 안-마리 스트레테르와 샤를 로세트, 춤추면서 말을 주고받고 때로는 마주 바라보는 그들 쪽에 가 있다.

그와 같이 춤추고 있는 스페인 영사 부인은 무슨 수를 써서라도 라호르의 프랑스 부영사에게 말을 건네야 한다고 생각하고 있다. 그녀는, 그가 정원을 가로지르는 것을 본 적이 있다고, 사람들이 아주 적어 서로 만나게 된다고, 그녀가 이곳에 머문 지 2년 반째이고 곧 떠날 것이라고, 무더위가 사기를 저하시키고, 거기에 결코 적응하지 못하는 사람도 있다고 말한다.

"결코 적응하지 못하는 사람도 있다고 하셨습니까?" 부영사가 되받는다.

그녀가 그에게서 약간 떨어진다. 그녀는 아직까지 그를 바라볼 엄두를 못 내고 있다. 그녀는 그의 목소리 속 무언가가 강한 인상을 주었다고 말할 것이다. 그녀는 말하리라. 억양 없는 목소리가 바로 그런 건가요? 아무도 그가 질문을 던지는 건지, 대답을 하는 건지 알 수 없어요,라고. 그녀는 친절하게 미소 짓고 그에게 대답한다.

"말하자면…… 그런 사람도 있긴 하지만…… 드물지요, 아시겠어요. 그러나 가끔 있는 일이에요…… 스페인 영사관에 근무하는 비서관 부인이 있었는데 그 여자는 미쳤어요. 그녀는 자신이 문둥병에 걸렸다고 믿었지요. 그녀를 본국에 돌려보내야만 했어요. 그 여자의 머릿속에서 그 생각을 없애는 일이 불가능했거든요."

춤추는 사람들 틈에서 샤를 로세트는 침묵하고 있다. 그의 푸른 눈 — 그 푸른색 — 은 그녀의 머리카락 위로 숙인 채다. 그의 표정은 순식간에 조금 불안해진다. 그들은 서로 웃어 보인다. 그들은 막 서로 무언가를 말하려던 참이었으나 입을 다물고 만다.

"만약 아무도 적응하지 못했다면요." 부영사가 말한다. 그는 웃는다.

사람들은 생각한다. 부영사가 웃는군요. 아, 어떻게요? 영화 더빙 목소리처럼 가짜, 가짜로요.

그녀는 다시 한번 그에게서 떨어져 그를 바라볼 엄두를 낸다.

"아니에요, 안심하세요. 모든 사람이 적응하지요."

"그런데 정말 그 여자에게 문둥병이 있었나요?"

이때 그녀는 거리를 두고 떨어진다. 그러고는 그를 바라보지 않으려고 애쓰면서 그녀는 안심한다. 마침내 부영사에게서 느낄 수 있는 익숙한 감정을 발견했다고 생각한다. 두려움이다.

"아!" 그녀는 말한다. "당신에게 그 이야기를 하지 말 걸 그랬나 봐요……"

"그렇지만…… 어떻게 그 일에 대해 생각하지 않을 수 있습니까?"

그녀는 조금 웃어 보이려고 노력한다. 그, 그는 웃는다. 그녀는 그 소리를 듣고 웃음을 멈춘다.

"그녀는 결코 문둥병 환자가 아니었어요, 자 생각해보세요…… 아시겠어요, 우리에게 배속된 모든 하인은 정규적으로 의료 검진을 받고 있어요. 두려워할 게 아무것도 없지요."

그는 그녀 말을 듣고 있는가?

"그러나 나는 문둥병을 두려워하지 않습니다." 그는 웃으면서 말한다.

"사고는 아주 드물어요…… 내가 아는 한에서는 단 한 명이, 공 줍는 사람이었죠, 그 일이 일어났을 때 나는 벌써 여기 와 있었지요. 그래서 당신에게 말할 수 있는 거예요, 어느 정도로 규제가 엄격한지를 말할 수 있지요…… 그래서 모든 공을, 테니스 라켓들과 같이 태워버렸어요."

아니다. 그는 잘 듣고 있지 않다.

"당신이 말하기를, 모든 사람이 처음에는……"

"네, 물론이죠. 그러나 꼭 그런 식은 아니에요. 문둥병에 대한 공포는…… 자, 이제 당신도 이해하시겠지요……"

사람들이 말한다.

"문둥병 환자들이, 마치 먼지 가득한 주머니처럼 건드리기만 하면 터진다는 걸 알고 계셨어요?"

"소리도 지르지 않고요? 아무런 고통도 없이? 아마도 아주 큰 안도감마저 가지고서요? 말로는 도저히 표현할 수 없는 안도감?"

"누가 알겠어요?"

"그는 사색적인 사람인가요, 라호르의 프랑스 부영사 말이에요? 아니면 그는 생각은 하나요?"

"저런, 나는 그 둘의 차이가 무엇인지 한 번도 생각해본 적이 없어요. 흥미롭군요."

"그는 협회장에게 자신이 동정이라고 말했어요. 그걸 어떻게 생각하세요?"

"그렇다면 그것이었을까요? 그러한 절제, 그건 소름 끼치는 일이에요……"

그들은 춤을 춘다.

"이해하시겠어요." 부드러운 목소리로 여인이 말한다. "모든 사람이 캘커타에서 어렵게 시작하지요. 나로 말하면, 나는 아주 깊은 슬픔에 빠져 있었어요." 그녀는 미소 짓는다. "남편은 비탄에 잠겨 있었고, 조금씩, 날마다 조금씩, 결국 적응하게 되었죠. 비록 사람들이 불가능하리라고 믿어도 결국은 적응하게 되지요. 모든 것에. 더 나쁜 것이 있어요, 아시겠어요. 싱가포르, 아 참 구역질 나요, 왜냐하면 거기서는 하도 대비가 되다 보니……"

아니다, 그는 전혀 듣고 있지 않다. 그녀는 말을 멈춘다.

사람들은 지루하게 라호르 이전의 부영사가 어떠했는지를 찾는다. 라호르에서 온 이 사람이 지금 어떤 사람인지를.

안-마리 스트레테르와 춤을 추면서, 샤를 로세트는 텅 빈 테니스장 근처에서 그가 본 것을 다른 누군가도 알고 있으리라는 생각이 떠오른다. 여름 계절풍의 어슴푸레한 빛 속에, 누군가 다른 사람이 부영사가 지나가는 순간의 텅 빈 테니스장을 바라보았으리라는 생각이. 지금은 침묵하고 있는 그 누구. 아마도 그녀가.

사람들은 말한다. 필경 모든 것이 라호르에서 시작되었다고.

사람들은 말한다.

"그는 라호르에서 권태로워했어요. 아마도 그 때문이 아닐까요?"

"권태, 여기서는, 인도 전체 크기에 버금가는 거대한 포기의 감정이지요. 이 나라 자체가 그 분위기를 제공해요."

안-마리 스트레테르는 혼자 있다. 라호르의 부영사는 그녀에게 다가간다. 그는 망설이는 듯하다. 그는 몇 걸음 뗀다. 그는 멈춘다. 그녀는 혼자다. 그녀는 그가 다가오는 것을 보고 있지 않은가?

샤를 로세트는 프랑스 대사가 라호르의 부영사에게 다가가 말을 건네는 것을 본다. 그렇게 해서 그는 그의 부인이 부영사와 춤추는 것을 막았다. 그녀는 보았는가? 그렇다.

"드 아슈 씨, 지난주 당신 서류가 도착하였소."

부영사는 기다린다.

"그에 대해서는 후에 이야기합시다. 그러나 미리 몇 마디 당신에게 말하고 싶군요……"

시선이 빛난다. 처분에 따르겠습니다. 대사는 머뭇거린다. 그러고는 라호르 부영사의 어깨에 손을 얹는다. 부영사는 소스라친다. 대사는 계속해 그를 뷔페 쪽으로 이끈다.

사람들은 말한다. 아, 대사의 거동을 보셨어요, 그는 존경할 만한 사람이에요.

"이리 오시오…… 내가 당장 안심시켜 드리지요…… 나로 말할 것 같으면, 그 서류들을 믿지 않습니다…… 게다가 우리 과장하지 맙시다. 그건 그리 심각하지도 않아요, 당신 서류 말이오……"

어깨 위에 얹힌 손이 거두어진다. 대사는 샴페인 두 잔을 부탁한다. 그들은 마신다. 부영사는 대사에게서 시선을 떼지 않는다. 그는 이 시선에 불편함을 느끼는 기색이다.

"자, 이리 오시오." 그들은 두번째 살롱으로 간다. "여기는 너무 시끄럽군요."

"만약 내가 잘 이해했다면, 부영사, 당신은 봄베이를 원하실 테지요…… 그러나 봄베이에서 당신은…… 라호르에서와 똑같은 직위를 차지하지는 못할 거요. 당신의 지원서는 수락되지 않을 거요. 이해하시겠어요. 그러기엔 너무 이르오. 그렇소, 아직은. 반면 당신이 여기 머무르겠다면…… 시간은 당신에게 유리한 쪽으로 흘러갈 거요. 잘 아시겠지만, 인도는 그 속으로 모든 것이 빨려 들어가는 무관심의 깊은

구덩이요. 만약 당신이 그걸 원한다면, 나는 당신을 캘커타
에 붙잡아 둘 작정이오."

"대사님이 원하신다면요."

대사는 놀란 듯이 보인다.

"당신은 봄베이를 포기할 겁니까?"

"네."

"한마디로 말해 나로서는 그편이 좋은 해결책일 듯하
오. 게다가 봄베이는 하도 많은 사람이 신청하는 곳이다
보니……"

대사는 그의 시선에서 일종의 오만 혹은 두려움을 보았던
것 같다.

"아시겠지만," 그는 말한다. "직위라는 것 말이오, 그것은
알 수 없는 거요. 원하면 원할수록 닿지 않아요…… 누군가
가 억지로 만들 순 없소, 직위라는 것 말이오. 프랑스 부영
사가 되기 위해서는 무수한 방법이 있소. 내가 무슨 말을 하
려는지 알겠소? 라호르, 물론 그곳은 귀찮은 곳이오, 그러나
만약 당신이, 당신이 그곳을 잊는다면 다른 사람들 역시 그
곳을 잊을 거요, 아시겠소?"

"모르겠습니다, 대사님."

대사는 부영사에게서 그만 벗어나려고 했던 것 같다. 아
니다, 그는 다시 생각을 고친다.

"캘커타, 이곳에서 잘 적응하지 못하오?"

"잘 적응하고 있다고 생각합니다."

대사는 미소 짓는다.

"나는 지금 상당히 난처한 상황에 처해 있소…… 대체 당신을 어찌해야 할지 말이오?"

부영사는 시선을 든다. 무례하다,고 대사는 생각하리라, 이 표현이 적절하다.

"아마도 제가 인도에 오지 말았어야 했나 봅니다."

"그럴지도 모르죠. 그러나…… 신경과민에 대한, 우리가 이렇게 부르는 모든 것에 대한 치료법이 있어요. 그걸 아시죠?"

"모르겠습니다."

여인들은 생각한다. 아마도 우리 중 누군가가 그에게 말을 건네야 할 것 같아요. 배려와 지혜로 가득 찬 한 여인이 그에게 말을 건넬 것이고, 이번에는 아마도 그가 말을 하겠지요. 단지 인내심 많은 여인, 아마도 그는 그 이상을 요구하지는 않을 거예요.

대사는 다시 한번 그에게서 벗어나려는 움직임을 보인다. 그는 다시 한번 생각을 고친다. 그는 이 사람, 그를 죽은 시선으로 바라보는 이 사나이에게 말을 건네야 하는 것이다.

"초기에는 모두가, 나 자신도 말이오, 친애하는 드 아슈 씨, 우리는 모두 동일한 지점에 있지요. 떠나거나 혹은 남아 있거나 둘 중 하나요. 만약 남는다면, 우리가 상황을 직면

할 수 없으니 그것들을 바라보는 방법을…… 고안해야, 그
래요, 고안하고, 찾고, 어떻게든……" 그의 말에도 부영사는
아무 대답이 없다. "당신이 하고 싶은 일이 뭐 없겠소? 당신
이 여기서 할 수 있는?"

"모르겠습니다. 조언만을 바랍니다."

아마도 그는 취했다. 시선이 고정되어 있다. 그는 듣고 있
는가? 이번에 대사는 포기한다.

"목요일에 집무실로 나를 보러 오시오. 11시 괜찮겠소?"
그는 가까이 다가가 바닥을 바라보며 아주 낮은 목소리로
덧붙인다. "이봐요…… 손익을 잘 따져보시오. 만약 자신이
없다면 파리로 돌아가세요."

부영사는 몸을 굽히며 그러겠다고 대답한다.

대사는 조지 크론에게 간다. 그는 부영사에게 했던 것과
는 전혀 다른 어조로 급히 말한다. 갑자기 그의 시선이 관심
으로 빛난다. 샤를 로세트는 부영사가 다가오는 것을 본다.
이번에는 그가 다가간다. 그들은 듣는다. 대사는 네팔에서
의 사냥에 대해 얘기한다. 대사는 자주 네팔로 사냥을 떠난
다. 그것이 그의 열정이다. 안-마리 스트레테르는 결코 그곳
에 가기를 원하지 않는다.

"나는 더는 강요하지 않아…… 그 사람 알잖아, 지난번
에 결국 오기는 했지. 그러나 아내는 델타 외에는 좋아하질
않아."

샤를 로세트는 부영사 앞에 바짝 마주 서 있고, 부영사는 웃으며 그에게 말한다.

"어떤 여인들은 미칠 정도의 희망을 줍니다. 그렇게 생각하지 않습니까?" 그는 손에 샴페인 잔을 들고, 방심한 채 누군가의 얘기를 듣고 있는 안-마리 스트레테르 쪽을 바라본다. "차별 없는 선의의 물속에서 잠들어 있는 것 같은 여인들…… 밀려오는 모든 고통의 파도를 받아내는 여인들, 환대하는 여인들 말이오."

그는 취했다,고 샤를 로세트는 생각한다. 부영사의 웃음에는 소리가 없다, 언제나.

"당신은 그것……이라고 생각하십니까?"

"무엇 말이오?"

"끌어당기는…… 것이요?"

부영사는 대답하지 않는다. 그는 자신이 방금 한 말을 잊은 것일까? 그는 주의 깊게 샤를 로세트를 쳐다본다.

샤를 로세트는 웃어 보려고 애쓰나 실패하고 그에게서 멀어져간다.


샤를 로세트는 다시 안-마리 스트레테르에게 춤을 청했다. 부영사는 지금 무엇인가를 기다리고 있다. 그곳에 그렇게 있어야만 하는 데서 오는 고통이 점점 더 커지는 것처럼 보인다. 그는 그것을 막 실감한 기색이다. 그러나 그가 안-

마리 스트레테르에게 춤을 청하기를 기다린다는 것을 상상하기 어렵다. 그래서 사람들은 말한다. 떠나지 않고 그는 무엇을 기다릴까?

약 10여 명이 춤을 추고 있을 뿐이다. 실제로 무더위가 사기를 떨어뜨린다. 스페인 영사의 부인이 혼자 있는 부영사에게 가서 말을 건넨다. 그는 겨우 대답한다. 그녀는 가버린다.

문 옆에 자리 잡은 그는 지금 눈에 띄도록 매우 강렬하게 무엇인가를 기다리고 있다. 사람들은 그것이 무엇인지 모른다.

그에게 기회를 준 이는 샤를 로세트이다. 춤이 한 곡 끝났을 때 그는 문 옆에 멈춘다. 그리고 다른 춤이 시작하기를 기다리면서 부영사에게 얘기한다. 안-마리 스트레테르는 이렇게 해 몸을 굽혀 인사하는 부영사 앞에 서 있다. 그들은 무도장 가운데로 떠났다, 그녀와 라호르의 남자는.

그때 모든 인도의 백인들이 그들을 바라본다.

사람들은 기다린다. 그들은 침묵하고 있다.

사람들은 기다린다. 그들은 여전히 침묵하고 있다. 사람들은 조금 방심한다.

그녀는 가볍게 땀을 흘린다. 선풍기에서 불어오는 미지근한 바람에 식은 습기, 이 선풍기마저 없다면 캘커타의 백인들은 어디론가 도망갔을 것이다. 사람들은 말한다. 얼마나 대담한지 좀 보세요. 사람들은 말한다. 그녀가 라호르의 부영사와 춤을 출 뿐만 아니라 그에게 말을 건네려 하고 있어요. 사람들은 말한다. 캘커타에 맨 마지막으로 온 사람은 라호르의 부영사가 아니에요, 아니죠, 맑고 슬픈 눈을 한 금발의 키 큰 젊은이, 샤를 로세트예요. 저기 그가 보여요. 뷔페 옆에서 그들이 춤추는 것을 바라보고 있는 사람…… 그는 벌써 그녀와 여러 번 춤을 추었어요, 그예요. 맹세코 다음번에 델타의 별장에 합류할 사람은 바로 그예요, 그를 보세요, 무언가를 두려워하고 있는 것 같아요…… 아니…… 그는 더이상 그들을 바라보지 않아요. 아무것도 아니에요, 아무것도. 아무 일도 일어나지 않을 거예요, 아무것도.

부영사는 그 주위로 사람들이 천천히 춤추고 있는 것을, 그녀가 더워하고 있으며, 그가 파리에서처럼 춤을 추고 있고 그것이 관례가 아니라는 것을, 그리고 그녀는 예상했던 것보다 춤을 주도하기에 조금 무거우며, 그녀가 몸의 리듬을 거스르고 있다는 것을 인식하고 있는 듯하다. 마치 아무것도 알아채지 못하는 듯한 부영사도 이것만은 알아차린다. 무언가 사과의 말을 중얼거리고 속도를 늦춘다.

처음 입을 연 것은 그녀다.

사람들은, 우리는, 그 내용을 잘 알고 있다, 그녀가 먼저 무더위에 대해 얘기한다. 그녀는 캘커타의 기후에 대해 비밀을 얘기하듯 말한다. 그러나 그녀는 그에게도 여름의 계절풍에 대해, 그는 결코 가지 못할 갠지스강 어귀의 섬에 대해 이야기할 것인가? 알 수 없는 일이다.

"만약 당신이 알고 있다면, 혹은 아직 모른다 해도 2주쯤 지나면 알게 될 거예요. 더 이상 잠을 잘 수 없지요, 소나기를 기다립니다. 하도 습해서 하룻밤 새에 피아노의 조율이 틀어지지요…… 나는 피아노를 쳐요, 네, 늘 해왔죠…… 아마 당신도 피아노를 치지요?"

프랑스의 부영사가 하는 말을 안-마리 스트레테르는 잘 알아들을 수가 없다. 횡설수설 속에 그가 어린 시절 음악을 했으리라는 것, 그리고 그 이후는…… 이런 유의 말들이 튀어나온다.

그는 침묵한다. 그녀가 말을 건넨다. 그는 침묵한 채다.

그는 어린 시절 음악을 했었다고 말한 다음에, 좀더 분명한 어조로, 지방의 어느 학교로 전학하면서 피아노 수업이 중단되었다고 덧붙인 이후로는, 완전히 입을 다물고 있다. 그녀는 어느 학교였는지, 어느 지방이었는지, 이유가 무엇인지 묻지 않는다.

사람들은 말한다. 그녀는 그가 말하기를 바라는가?

사람들은 이야기한다, 이런 식으로, 사람들은 이야기한다.

때때로, 어느 저녁에는 그녀도, 그녀 역시, 이야기한다. 누구와? 무엇에 대해서?

그는 키가 커요, 보셨어요? 그녀는 그의 귀에 닿아요. 그는 편안하게 야회복을 입고 있다. 균형 잡힌 얼굴선과 자세로 착각을 주는 외관. 이름에 대한 체면…… 고통과 문둥병의 라호르, 라호르 남자의 끔찍할 정도의 절제, 그가 그 라호르에 총질을 했고, 그 위에 죽음이 녹아내리기를 기원했다.

그녀는 두번째로 말문을 연다.

"우리는 지난번에 베이징에 있었어요, 대변혁 직전이었지요. 사람들이 당신에게 말해줄 거예요…… 사람들이 우리에게 말했던 것처럼 캘커타는 매우 힘든 곳이라고, 예를 들어 이 지독한 무더위에는 아무도 익숙해지지 않는다고요. 그 이야기를 듣지 마세요, 아무것도…… 베이징에서도 마찬가지였어요, 모든 사람이 얘기했지요…… 우리는 사방에서 충고만 들었을 뿐이에요. 사람들이 말한 모든 것은, 글쎄 뭐라고 말하면 좋을까요. 그에 가장 적합한 단어가……"

그녀는 그 단어를 찾지 않는다.

"그것을 위한 단어요?"

"말하자면 가장 적절하다고 생각되는 첫번째 말은, 여기서도 마찬가지로, 다른 말들이 떠오르는 것을 방해할 거라는 얘기죠, 그러니……"

그는 말한다.

"베이징에도 있었습니까?"

"네, 거기 있었어요."

"이해한 것 같습니다. 더 이상 찾지 마세요."

"그에 대해 매우 빨리 말해버리는 것, 전력을 다해, 아주 서둘러 해치워버리려고, 그것에 대해 전력을 다해 생각하는 것이, 그것과는 전혀 다른, 그 또한 언급될 수도 있었을, 훨씬 거리가 먼 다른 것들에 대해 말하는 걸 방해했어요, 왜 아니겠어요? 그렇지 않나요?"

"내가 오해했을 수도 있어요." 그녀는 덧붙인다.

이번에는 그가 말한다.

안-마리 스트레테르에게 말할 때의 부영사의 목소리는 처음으로 분명하다. 그러나 이상하게도 음조를 띠지 않은, 마치 고함 지르고 싶은 것을 자제하는 것처럼 약간 지나치게 날카롭다.

"사람들이, 여기 있는 사람들은 간혹 문둥병에 대해 두려워한다고들 하더군요. 스페인 영사관의 비서관 부인이……"

"아, 네, 알겠어요. 실제로 그 여자는 많이 두려워했어요." 그녀는 말을 잇는다. "그 여자에 대해 사람들이 무어라고 하던가요?"

"그녀의 공포가 터무니없는 것이라고, 그러나 그녀를 스페인에 돌려보냈어야 했다고요."

"그녀에게 아무 증세가 없었다는 것이 아주 확실치는 않았어요."

"그녀는 아무것도 없었습니다."

그녀는 그에게서 떨어져 뚫어지게 그를 바라본다. 그는 그녀의 말을 믿지 않았다. 그녀는 놀랐는가? 사람들은 초록 물빛 눈의 투명함을 주의 깊게 본 적이 있는가? 그러나 미소는, 그렇다, 벌써 본 적이 있다, 아마도, 그녀가 혼자 있을 때, 다른 사람들이 그녀를 보고 있다는 것을 모르고 있을 그때, 아마도. 그러나 그녀의 눈은? 떨고 있는 것으로 보아, 그는 한 번도 그녀의 눈을 바라본 적이 없었던가?

"그녀에게는 사실 아무런 문제가 없었어요."

그는 대답하지 않는다. 그녀가 묻는다.

"왜 내게 그 얘기를 하시죠?"

사람들은 말한다. 그녀에게 때때로 얼마나 모진 구석이 있는지 좀 보세요. 때때로 그녀의 아름다움이 바뀌는 듯하지요…… 그녀의 시선에 냉혹함이 서려 있지 않나요? 아니면 반대로 — 부드러움이?

"왜 당신은 내게 문둥병에 대해 얘기하죠?"

"만약 내가 당신에게 얘기하고 싶은 것을 말하려고 노력하면, 모든 것이 그만 먼지가 되어 사라져버릴 것 같은 느낌이 들어서이기 때문이지요……" 그는 몸을 떤다. "당신에게 이야기하기 위한 말들, 당신에게, 그 말들이…… 나의 말들이…… 당신, 바로 당신에게 이야기하기 위한 그 말들이 존재하지 않아요. 나는 실수할 테고, 다른 이야기를 위한 다른

141

말들…… 다른 사람에게 일어난 일을 위한…… 그 말들을 사용했을 테지요……"

"당신에 대해서, 아니면 라호르에 대해서?"

그녀는 다른 여인이 했던 것처럼 하지 않는다. 얼굴을 보기 위해 머리를 젖히지도 않는다. 묻지 않는다, 말을 번복하지 않는다, 말을 계속하라고 권하지 않는다.

"라호르에 대해서요."

그를 바라보는 사람들은 그의 시선에 아주 강렬한 기쁨이 서려 있음을 알아차릴 수 있다. 거기, 라호르에서 타던 불, 사람들은 그에 대해 생각한다, 이유를 잘 알지도 못하면서 다소 겁을 먹는다. 그는 스트레테르 부인에게 어떤 나쁜 일도 닥치지 않기를 바라기 때문이다, 그것은 확실하다.

"당신 생각에는 꼭 그 이야기를 해야만 한다고……"

"그렇습니다. 나는 당신이 내 말을 들어주기를 바랍니다. 당신이, 오늘 저녁에."

그녀가 재빨리 그를 쳐다보았다. 그는 미처 그녀의 눈을 다시 보지 못하고, 단지 그녀의 거두어진 시선을 보았을 것이다. 그는 아주 낮은 목소리로 이야기한다.

사람들은 말한다. 그는 아주 나지막하게 얘기하고 있어요, 그를 보세요. 그는 마치…… 그는 완전히 혼란에 빠진 기색이에요, 그렇게 보이지 않나요?

"그다음으로, 내가 당신에게 얘기하려고 했던 것은 이것입니다. 후에 사람들은 라호르에 있는 것이 불가능함에도 그곳에 있었던 것이 자신임을 압니다. 지금 당신에게 이야기하고 있는 사람은…… 나예요…… 그입니다. 나는 당신이 라호르의 부영사가 말하는 것을 듣기를 바랐습니다. 내가 바로 그입니다."

"그가 뭐라 하나요?"

"그는 라호르에 대해 아무것도 말할 수 없다고요, 아무것도. 그리고 당신이 그것을 이해해야 한다고요."

"그럴 필요가 없지 않았을까요, 아마도?"

"오! 있지요. 또한 괜찮으시다면, 나는 이렇게 말할 수 있어요. 라호르, 그건 여전히 희망의 한 형태였다고요, 당신은 이해하지 않습니까?"

"그래요. 그렇지만 나는 거기엔 다른 무엇이 있다고 생각했어요…… 당신, 바로 당신이 이르렀던 데까지 가지 않고도 할 수 있는…… 일어날 수 있는 다른 무엇이요."

"어쩌면요. 난 그것이 뭔지 모르겠어요. 그렇지만, 제발, 라호르를 알아보려고 노력해보세요."

사람들은 말한다. 대체 이 두 사람 사이에 무슨 일이 일어나고 있어요? 그는 그녀에게 자신이 처한 상황에 대한 속내 얘기를 하고 있을까요? 못 할 것도 없지요? 그녀는 캘커타의 제일가는 여인이니……

"완전히 알아보기란 매우 힘들어요." 그녀는 미소 짓는다.

"저는 한갓 여자일 따름이에요…… 내가 알고 있는 것은 단지 졸음 속에서 해낼 수 있는 가능성 정도지요……"

"빛 속에서 노력해보십시오. 아침 8시입니다. 샬리마르 정원은 황량합니다. 나는 당신 또한 존재하고 있다는 것을 모릅니다."

"조금 알겠어요, 아주 조금만."

그들은 침묵한다. 사람들은 그들의 눈 속에 공통의 표정이 있음을 발견한다. 아마도 같은 관심이?

"우리는 잠에서 깨어난 어릿광대라는 생각이 도움이 될 겁니다."

그녀는 다시 한번 그에게서 약간 떨어진다. 그러나 그를 쳐다보지는 않는다. 그녀는 찾는다.

"그러니까," 그녀는 말한다. "나는 아무 생각도 하지 않아요."

"그렇군요."

샤를 로세트는 생각한다. 그들은 봄베이에 대해, 그의 임명에 대해서지 다른 일에 대해 이야기하는 것이 아니다. 그것은 그녀가 원하는 바가 아니고, 바로 그녀가 사력을 다해 저토록 많은 말을 하는 이유다. 그것이 그녀를 지치게 한다. 그렇게 보인다.

"나는 당신이 라호르의 피할 수 없는 측면을 알아보았다고 말해주기를 원합니다. 대답해주세요."

그녀는 답하지 않는다.

"당신이 그것을 알아보는 건 아주 중요합니다, 아주 짧은 순간만이라도."

그녀는 조금 뒤로 물러서고, 흠칫 놀란다. 그녀는 미소 지어야 한다고 생각한다. 그는 웃음을 띠고 있지 않다. 지금 그녀 역시 떨고 있다.

"뭐라고 말해야 할지 모르겠군요…… 당신의 서류에는 불가능하다란 단어가 있어요. 이 단어가 지금 상황에 맞나요?"

그는 침묵한다. 그녀가 다시 한번 묻는다.

"이 단어가 맞나요? 대답해주세요……"

"저도 잘 모르겠습니다. 지금 당신과 함께 찾고 있어요."

"어쩌면 다른 단어가 있을까요?"

"더 이상 그 문제가 아니지요."

"나는 라호르의 피할 수 없는 측면을 알아요." 그녀는 말한다. "나는 벌써 예전에 그것을 알아차렸지만, 그랬다는 사실을 모르고 있었어요."

그것이 다다. 그들은 오랫동안 침묵한다. 그리고 그는 크게 망설이면서 묻는다.

"당신은 나를 위해 우리 둘이 할 수 있는 무언가가 있다고 생각하십니까?"

이 점에 대해 그녀는 확신한다.

"아니요, 아무것도 없어요. 당신은 아무것도 필요로 하지 않아요."

"당신 말을 믿습니다."

춤이 끝난다.


새벽 1시. 그녀는 샤를 로세트와 춤을 춘다.

"그는 어떤 인물입니까?"

"오! 죽은 남자……"

죽은 자. 말을 내뱉느라 부푼 입술, 밤의 막바지에 축축한, 창백해진 입술. 그녀는 그렇게 선고했는가? 그로서는 알 수 없다. 그는 말한다.

"당신이 그에게 말을 건넸지요, 그것이 그를 기쁘게 했을 겁니다. 나로서는, 끔찍합니다. 도저히 그를 참아낼 수가 없습니다."

"내 생각에는, 노력할 필요가 없어요."

뷔페에서 그는 그들을 바라보고 있다. 그는 혼자 있다.

"우리가 그에 대해 말한들 아무 소용이 없을 거예요." 그녀는 말을 잇는다. "그건 아주 힘들고, 불가능하기까지 해요…… 나는 당신이 이 점을 생각해야 한다고 봐요, 그것은 때때로…… 하나의 파국이, 그것이 일어났어야 하는 곳과는 아주 멀리 떨어진 곳에서 터질 수 있다는 사실이지요…… 아시겠어요, 땅 위에서 일어난 폭발은 그곳과 수백 킬로미터 떨어져 있는 바다를 성나게 하지요……"

"그가 그 파국입니까?"

"그래요. 어쩌면 고전적인 이미지이긴 하겠으나 확실해요. 더 찾을 필요가 없어요."

그녀는 그의 시선을 피한다.

"그렇게 생각하는 것이 더 나아요." 그녀는 덧붙인다.

그녀는 거짓말하고 있지 않다. 샤를 로세트는 생각한다. 아니다, 나는 그녀가 거짓말하지 않기를 바란다.

부영사의 얼굴은 평정을 되찾았다. 그를 보세요, 혹…… 그는 낙담한 게 아닐까요? 그녀는 아니라고 말한다. 그녀는 거짓말하고 있지 않다, 그녀는 거짓말하지 않을 것이다.

스트레테르 부인은 진실을 말한다.

부영사는 샴페인을 마신다. 그에게 다가가는 사람은 아무도 없다. 말을 건넬 필요도 없다. 그가 누구의 말도 듣지 않는다는 것을 사람들은 안다. 단지 대사 부인, 그녀의 말만 제외하고는.

춤이 끝난 후에도 샤를 로세트는 안-마리 스트레테르를 떠나지 않는다. 그녀는 말한다. 당신도 알게 될 거예요, 여기서는 조금만 시간이 지나면 모든 것이 비슷해져요. 예를 들어 누구나 음악을 할 수 있어요. 유일하게 힘든 점은 사람들과 대화하는 거예요. 그러나 보세요, 우리 얘기하고 있잖아요……

부영사가 다시 다가왔다. 그리고 그는 분명히 들었다.

그녀가 웃는다. 부영사 또한 웃었다, 혼자서. 사람들은 말한다. 지금 보세요. 그가 움직여요. 그는 이 무리에서 저 무리로 옮겨 다니는군요. 그는 듣고 있어요. 그러나 대화에 낄 생각은 없는 것처럼 보이지요.

계절풍. 계절풍 동안의 위생. 갈증을 없애기 위해 뜨거운 녹차를 마셔야 한다. 부영사는 다시 한번 그녀가 혼자가 되기를 기다리는가? 그가 다가가는 소리는 들리지 않는다. 한 무리에서 사람들이 아주 큰 소리로 웃는다. 누군가가 망년회 때 얘기를 한다. 사람들은 알아차렸을까, 인도에서 사귄 친구는 프랑스로 돌아가자마자 잊어버린다는 것을?

그들은 바에 있다. 대사가 그들과 같이 있다. 그들은 얘기를 나눈다. 그들은 웃는다. 프랑스의 부영사는 그리 멀리 떨어져 있지 않다. 몇몇 사람들은 그가 그들의 손짓을 기다린다고 생각한다. 우리와 합류하세요 하는 손짓을, 그러나 그들이 그를 원하지 않는다. 사람들은 힘들어한다. 너무 힘들다. 또 다른 사람들은 그가 원한다면, 그들과 합류할 수 있으리라고, 그러나 그는 그것을 원하지 않는다고, 그리고 두 인간 사이의 거리, 도저히 좁혀질 수 없는 그 거리, 라호르의 부영사, 그가 바로 이 저녁 그 거리를 유지하기 원한다고 생각한다. 사람들은 말한다. 그는 너무 마시는군요. 계속 마신다면…… 취했을 때의 그는 어떨까요?

스페인 영사 부인이 마지막으로 그에게 다가온다. 그녀는 친절하게 말한다. 조금 당황하신 것 같군요. 그는 대답하지 않는다. 그는 그녀에게 춤을 청한다.

"문둥병 말입니다. 나는 그것을 두려워하기보다 원하고 있습니다." 그는 말한다. "조금 전 당신에게 거짓말을 했어요."

즐거운, 약간은 비웃는 듯한 어조다. 비웃는 듯한? 크게 뜬 두 눈은 조금 전까지 눈을 덮고 있던 곧은 속눈썹에 싸여 있다. 두 눈이 웃는다.

"왜 그 얘기를 하세요?"

"그 이유를 아주 오랫동안, 다만 여기 모여 있는 모든 사람에게 설명할 수 있습니다. 그러나 단 한 사람에게만은 그럴 수 없을 것 같습니다."

"아, 왜 그렇죠?"

"의미가 없을 테니까요."

"아, 그런데 그 말은 아주 슬프네요. 왜요? 그만 마셔요."

그는 대답하지 않는다.

안-마리 스트레테르는 샤를 로세트에게 말한다.

"그는 사람들이 그에 대해 상상하는 목소리를 가지고 있지 않아요. 우리는 어떤 사람이 그가 가지고 있으리라고 상상하는 목소리를 가지고 있지 않은 것을 봐요, 바로 그가 그래요."

"마치 접목된 것 같은 메마른 목소리……"

"다른 사람의 목소리?"

"그래요, 그렇지만 누구의?"

부영사가 그들과 마주친다. 그는 창백하다. 그는 의자에 부딪혀 비틀거렸다. 그는 그들을 보지 못했다.


새벽 2시 반경이다.

"춤추는 동안 그가 당신에게 무슨 이야기를 했습니까?" 샤를 로세트가 묻는다.

그녀는 말한다.

"무엇에 대해서? 문둥병에 대해서요. 그는 두려워하고 있어요."

"당신이 그의 목소리……에 대해 말한 것, 사실 그래요. 그러나 그의 시선 또한…… 그건 마치 그가 다른 사람의 시선을 가진 것 같아요. 그에 대해서는 생각해보지 않았죠."

"누구의?"

"아, 그건……"

그녀는 생각에 잠긴다.

"아마도 그는 시선이 없다고 할 수 있겠지요."

"전혀?"

"겨우, 지나치는 길에 때때로, 그중 한 번쯤이야 있겠지요."

그들의 시선이 교차한다. 밤이 끝나갈 무렵, 샤를 로세트는 섬에로의 초대에 대해 생각한다.

그녀는 다른 사람과 춤을 추고 있다. 그는 다른 누구와도 춤추지 않는다. 그는 그에 대해서는 생각하지 않는다.

사람들은 말한다.

"서류는 아무것도 설명해주지 않는 것 같아요, 아무것도요."

"어떻건, 모든 것을 설명하기에는 너무 늦게 도착하지만, 특히 그 속에 담긴 내용도 그래요."

"이상하다고 생각하지 않으세요? 사람들은 그를 동정하지 않아요."

"맞아요."

"어떤 사람들은 그들의 어머니가 과연 어떤 사람일까에 대해 생각하게 해요."

"아니죠, 절대 아니에요. 어머니의 부재가 아주 자유롭고 강하게 만들기도 해요. 보세요, 나는 그가 고아라고 확신해요……"

"설사 그가 고아가 아니었다 해도, 그가 그렇게 꾸며냈으리라는 것을 확신해요."

"내가 감히 말하지 않은 한 가지 사실이 있는데," 샤를 로세트가 말한다……

"그에 대해서요?" 안-마리 스트레테르가 묻는다.

"그래요."

"불필요한 일이에요." 그녀는 말한다. "더 이상 말하지 말아요. 더 이상 그에 대해 생각하지 말아요."

라호르의 프랑스 부영사는 다시금 혼자 있다. 그는 출입문 근처의 그가 선호하는 자리를 떠나 바 옆에 서 있다. 스페인 영사 부인은 더 이상 그 곁에 있지 않다. 그녀가 다른 방으로 떠난 지는 한 시간쯤 되었다. 춤이 끝나자마자 그녀는 떠났고 돌아오지 않았다. 그녀가 웃는 소리가 들린다. 그녀는 취해 있다.

부영사와 합류해야 한다고, 샤를 로세트는 생각한다. 그는 그렇게 하려고 한다. 그러려는데 대사가 막는다. 샤를 로세트는 대사가 얼마 전부터 무언가를 말하기 위해 기다린다는 것을 알아차린 듯하다. 대사는 그의 팔을 잡고 뷔페 쪽으로, 과음하고 있는 라호르의 부영사에게서 2미터 떨어진 곳으로 이끈다.

새벽 3시가 넘은 시각이다. 벌써 사람들이 떠났다.

사람들은 생각한다. 부영사는 떠나지 않는군요. 그 사람은 완전히 혼자예요. 그의 삶은 늘 이렇겠지요? 늘? 다른 사람들이 그의 입장이었다면 신神을 찾지 않았을까요? 그는 자신을 속박에서 벗어나게 하는 무언가를 인도에서 발견했을까요? 이곳에 오기 전에 그는 그걸 몰랐을까요? 그걸 알기 위해서 꼭 인도를 보아야 했을까요?

대사는 나지막하게 말한다.

"어떻게 생각하시오…… 아내가 당신에게 말했으리라 생각되는데, 우리는 당신을 저녁 식사에 초대하고 싶소." 그는 미소 짓는다. "아시겠소, 때때로 다른 누구보다 더 잘 알고 싶은 사람들이 있지요…… 정상적인 사회를 지배하는 법이 여기서는 허용되지 않아요. 그러나 때때로 이 관습에서 벗어나야 합니다. 만약 아내가 당신에게 아직 아무 말도 하지 않았다면, 그것은 내가 먼저 당신에게 말을 하는 편이 낫다고 생각했기 때문일 거요, 괜찮으시오?"

사람들은 생각한다. 만약 그가 이미 본 그대로의 라호르를 볼 마음의 준비가 되어 있었다면, 그는 그것을 전에 알고 있었을까? 그것을 알면서도 이곳에 왔던 걸까?

대사는 그의 초대가 샤를 로세트에게 야기한 유쾌하지 않은 작은 동요를 본다. 만약 대사가 캘커타의 사람들이 말하는 것처럼 관대한 남편이라면, 그는 지금 내가 그에 대해 생각 중임을 알 것이다. 무엇 때문에 그는 그것을 드러내는가? 초대에 허겁지겁 응하지 않을 수도, 초대해주셔서 행복하다고, 영광이라고 대답하지 않을 수도 있다. 그러나 그의 부인의 동행이 되어 섬에 가는 일, 저녁, 여기 캘커타에서 그녀와 시간을 함께하는 일, 그 일을 거절할 수는 없는 것이다.

어떤 사람들은 몇몇 새로 온 이들에 대한 스트레테르 씨의 태도가 능숙하다고, 그런 식으로 후에 있을 관계의 허용 범위를 나타내는 것이라고 말한다. 모르는 일이다.

"기쁘게 가겠습니다."

안-마리 스트레테르는 그들이 나누는 대화를 분명 궁금해할 것이다. 그녀가 다가온다. 샤를 로세트는 약간 당황한다. 이것은 지나치다, 너무 빠르기도 하다, 마치 미래가 처리되는 것처럼. 그는 사람들이 협회에서 말한 무언가를 기억해낸다. 대사가 과거에 소설을 쓰고자 했었다는 것을. 사람들은 말한다. 아내의 충고에 따라 그는 포기했지요, 그랬어요. 그에게는 체념한, 그러나 행복한 분위기가 있다. 그가 원했을 성공을 그는 가지지 못했다. 그는 다른 것을, 그가 원하지 않았던 것을, 그가 더 이상 기다리지 않았던 것을 얻었다. 그를 사랑하기에는 너무 젊은, 그러나 그를 따라온 이 여인을 얻었다고 사람들은 말한다.

하나가 되었다. 그들은 아시아의 여러 수도에서 같이 살았다, 17년 전부터. 지금은 그들 삶의 마지막 구간이 시작되고 있다. 그들이 그다지 젊지 않았던 어느 날, 사람들은 소문을 듣는다, 그녀가 그에게 말했다. 시를 써서는 안 된다. 여기 이곳에, 중국에, 인도에 머무르자, 시는 아무도 모른다. 세기마다 수백만의 사람 중 10여 명의 시인만이 남을 뿐이

다…… 아무것도 하지 말자, 여기, 그냥…… 아무것도 하지
말고…… 머물러 있자…… 그녀가 다가와 샴페인을 마신다.
그리고 방금 도착한 누군가에게 간다.

"당신을 봤소." 대사가 말한다. "라호르의 부영사에게 말
을 건네더군요. 고맙소."


사람들은 말한다. 저런, 저기 그가 있군요. 마이클 리처
드…… 당신은 모르세요?

마이클 리처드는 서른 살 안팎이다. 그의 우아함은 들어
서자마자 주의를 끈다. 그는 눈으로 안-마리 스트레테르를
찾는다. 그녀를 발견하고 미소 짓는다.

사람들은 말한다. 2년 전부터…… 캘커타의 모든 사람이
익히 알고 있는 것을 당신은 모르는군요.

샤를 로세트 가까이에서 나는 쉿소리. 그는 뷔페 저 끝에
서, 한 손에 샴페인 잔을 들고 온다.

"당신은 생각에 깊이 빠진 것 같군요."

사람들은 말한다. 그가 아직도 남아 있네요, 부영사 말이
에요. 그가 아주 늦게까지 남아 있군요.

사람들은 생각한다. 라호르에 대해 확신하기 위해 라호
르를 봐야 했을까? 아! 그는 이 도시를 끔찍한 말로 가두었
어요.

그에게 아무 말도 하지 않고 경계 상태에 있기, 샤를 로세

트는 생각한다. 그는 아마도 마이클 리처드를 아직 보지 못했을 것이다. 게다가 그게 뭐 그리 중요한가? 그는 무엇을 보고 있는가? 아마도 그녀를, 그녀만을.

"샴페인이 당기는군요." 샤를 로세트가 말한다. "이곳에 온 이후로 너무 마셔요……"

사람들은 의문 섞인 말로 그에 대해 생각한다. 여성용 자전거, 스트레테르 부인 것 말이에요. 당신 눈에는 그게 어떻게 보이나요?

누군가 대답한다. 그 이유에 대해서라면 아무런 할 말이 없습니다.

사람들은 생각에 잠긴다. 그리고 그가 라호르를 보기도 전에 라호르에 대해 생각한 것이 확인됐을 때, 그는 라호르에 죽음을 불러들였다.

한 여인이 말한다. 우리가 기원하면, 신은 그에 대해 설명을 준다고 신부가 말했어요. 누군가가 비웃는다.

"당신도 알게 될 거요." 부영사는 샤를 로세트에게 말한다. "여기서의 취기는 언제나 똑같습니다."

그들은 마신다. 안-마리 스트레테르는 옆방에서 조지 크론, 마이클 리처드 그리고 그와 함께 도착한 젊은 영국인과 같이 있다. 샤를 로세트는 이 밤이 끝날 때까지 그녀가 어디 있는지를 알 것이다.

"스트레테르 부인은 살고 싶은 욕망을 줍니다. 그렇게 생각지 않소?" 부영사가 묻는다. 샤를 로세트는 움직이지 않는다, 대답하지 않는다. "당신은 받아들여질 것이고, 과오를 면하게 될 거요. 부인할 필요 없어요." 부영사는 덧붙인다. "내가 다 들었어요."

그는 웃는다.

동요하지 않을 것, 샤를 로세트는 생각한다. 부영사의 어조는 쾌활하다. 그는 웃으면서 덧붙인다.

"이 무슨 불공평함이람."

"당신 역시 받아들여질 것입니다." 샤를 로세트는 말한다. "각자 차례가 있지요. 그렇게 되었던 겁니다."

죽은 듯 반응이 없다.

"내 경우는 그렇지 않을 겁니다." 그는 계속해서 웃는다. "라호르는 겁을 줘요. 나는 위선적으로 말하고 있어요. 내 목소리를 듣고 있나요. 보시오, 나는 아무런 한탄도 하지 않아요. 모든 것이 완벽해요."

사람들은 생각에 잠긴다. 그는 라호르에 죽음만을 불러들였을 뿐이다, 그가 보기에, 다른 어떤 종류의 저주도, 라호르가 죽음 이외의 다른 힘에 의해 창조되거나 파괴될 수 있다는 것을 증명하지 못했다. 그리고 때때로 그에게 죽음이 어쩌면 지나쳐 보이고, 비열한 믿음이거나 심지어 착오처럼 보일 때도, 그는 라호르에 불, 바다, 이미 알려진 세계의 논리적이고 물질적인 재난을 기원했다.

"그런데 당신은 왜 그런 식으로 얘기합니까?" 샤를 로세트가 묻는다.

"어떤 식 말이오?" 부영사가 묻는다.

"용서하십시오…… 우리는 바로 조금 전에 춤추면서 당신에 대해 얘기했습니다…… 만약 알고 싶다면…… 당신은 문둥병을 두려워하는 것 같다고요? 그래서는 안 됩니다. 당신도 문둥병이 단일 영양 섭취자들이 걸리는 병이라는 걸 잘 알지 않습니까?…… 대체 왜 그러세요?"

부영사는 분노에 찬 낮은 함성을 지른다. 그는 창백해진다. 그는 술잔을 던지고 그것은 깨진다. 침묵이 흐른다. 그는 아주 낮게 외친다.

"나는 사람들이 내가 하지 않은 이야기를 해치우는 것을 알고 있었소. 이 얼마나 끔찍한 일이오……"

"아니, 무슨 말씀을…… 문둥병을 두려워하는 것은 불명예스러운 일이 아니지 않습니까……"

"그것은 거짓말이오. 대체 누가 그렇게 말했소?"

"스트레테르 부인."

급작스럽게 부영사의 분노가 가라앉는다, 한 생각이 행복의 느낌으로 그를 채우며 다가온다.

사람들은 이해하지 못한다.


안-마리 스트레테르는 팔각의 무도장으로 들어와, 그날

오후 네팔에서 도착한 장미 송이를 부인들에게 나누어 준다. 사람들은 그녀가 꽃송이들을 자신을 위해 간직했어야 한다고 말하며 치하한다. 그녀는 꽃이 너무 많다고 말한다. 내일이면 살롱은 텅 빌 것이고 장미 송이들은…… 아니라고, 그녀는 꽃을 그리 좋아하지 않는다고 말한다…… 그녀는 서둘러, 조금 지나치게 서두르며, 마치 작은 휴지통을 비우는 것처럼 꽃을 나누어 준다. 10여 명의 여인이 그녀를 둘러싸고 있다.

부영사의 시선은 참아내기 힘들다. 마치 그는 다정함을, 아마도 사랑을 기다리는 듯하다고 사람들은 말하리라. 그것들이 다가오기를. 모든 종류의 고통의 혼란과 오해에 대해, 샤를 로세트는 생각한다, 그는 갑작스레 자신의 몫을 요구하려는 듯하다. 스페인 영사 부인이 장미를 손에 들고 다가온다.

"스트레테르 부인이 장미를 나누어 줄 때는, 그녀가 우리에게 싫증 났다는 것을 뜻하죠. 그것이 신호예요. 그러나 우리는 마치 이해하지 못한 것처럼 할 수 있는 자유가 있지요."

부영사는 아무 말도 하지 않는다.

관현악단이 다시 음악을 연주했다. 그러나 소란스러운 이동이 일고 사람들이 떠난다. 그녀의 말은 사실이다. 스페인 영사 부인은 눈에 띄게 많이 마셨다.

"기분이 좋지 않으시군요, 당신은." 그녀는 장-마르크 드 아슈에게 말한다. "내가 당신이 흥미로워할 만한 얘기 하나 할게요. 모든 사람이 떠나지는 않아요. 남아 있는 사람들이 있지요. 그래요, 나도 얘기할 자격이 있어요. 모든 사람이 그걸 알아요. 게다가 내가 조금 취해 있으니…… 때때로 이런 만찬회는 아주 우스꽝스럽게 끝나버리지요…… 자, 들어보세요. 후에 그들은…… 스트레테르 부인은 때때로 캘커타의 한 사창가…… '블루문'……으로 가지요…… 영국인들과 함께…… 저들이요, 저기 있는 세 사람…… 그들은 죽을 지경까지 취해요…… 나는 아무것도 꾸며내지 않아요…… 주변 사람에게 물어보세요……"

그녀는 웃음을 터뜨린다. 그녀는 그들이 웃고 있지 않다는 것을 알아차리지 못하고 가버린다. 프랑스 부영사는 시선을 내린다. 그는 샴페인 잔을 테이블 위에 내려놓았다. 그는 듣고 있지 않은 기색이다.

"그 얘기를 믿나요?" 샤를 로세트가 묻는다.

팔각의 무도장의 황량한 한구석에는 더 이상 꽃이 없다. 남편 곁에서 안-마리 스트레테르는 미소 지으며 손을 내밀고 있다.

"나는 저 부인이 그걸 꾸며냈다고는 생각지 않습니다." 샤를 로세트는 계속한다.

라호르의 부영사는 여전히 대답하지 않는다. 그는 지금이 늦은 시각임을 깨달은 듯하다. 옆 살롱에는 거의 아무도 없다. 여기서는 아직 세 쌍이 춤을 추고 있다. 사람들은 더욱더 쉽게 움직여 돌아간다. 불빛은 꺼졌다. 음식 접시들이 치워졌다.

부영사는 샤를 로세트를 떠난다.

그는 안-마리 스트레테르에게 다가간다. 무엇을 하려 하는가?

사람들은 여전히 떠나고 있다. 사방에서 그들은 떠난다. 그녀는 여전히 팔각의 무도장의 한구석에 있다. 그녀의 남편에게 무언가를 얘기하고 사람들과 악수한다.

다른 살롱에는 사람들이 다소, 여전히 너무 많이, 남아 있는 듯하다. 그녀는 그것을 약간 걱정한다. 그녀는 그쪽을 바라본다.

부영사는 아무것도 보지 않는 것처럼 보인다. 그는 그녀가 바쁘다는 것을, 손님을 배웅하기 위해 거기 서 있으리라는 것을 모르고 있다. 그는 그녀 앞에 있다. 이 점이 찬물을 끼얹는다. 사람들이 멈춘다. 그는 아무것도 보지 않는다. 그는 몸을 숙인다. 그녀는 이해하지 못한다. 그는 그렇게 몸을 숙인 채 머물러 있다. 손님들은 냉소적으로, 질겁한 채 그를 주시한다. 그는 고개를 들고, 그녀를 바라본다. 그녀만을 바라보고 있다, 그녀만을. 대사의 난처한 표정을 보고 있지 않다. 그녀는 얼굴을 찡그린다. 그녀는 미소 지으며 말한다.

"만약 내가 수락하면 끝도 없을 거예요. 그리고 더 이상 춤추고 싶지 않아요……"

그는 말한다.

"간청합니다."

그녀는 주위에 사과하고 그를 따른다. 그들은 춤을 춘다.

"사람들이 당신에게 내가 무슨 말을 했는지를 물었지요. 당신은 우리가 문둥병에 대해 얘기했다고 말했습니다. 당신은 나를 위해 거짓말을 했습니다. 당신은 더 이상 그에 대해 어쩔 도리가 없습니다. 끝난 일입니다."

이 남자의 두 손은 타는 듯하다. 처음으로 그의 목소리가 아름답다.

"당신은 아무 말도 전하지 않았죠?"

"아무것도."


그녀는 샤를 로세트 쪽을 바라본다. 그녀의 눈은 매우 슬프다. 샤를 로세트는 오해한다. 라호르의 부영사는 스트레테르 부인에게, 그가 문둥병에 대해 얘기한 것을 다른 사람에게 전하지 말았어야 한다고 말한 듯하다. 그리고 그것이 그녀를 난처하게 한다고.

"나는 당신을 위해 행복한 마음으로 거짓말을 했어요." 그녀는 말했다.

세 영국인 중 하나가 샤를 로세트 쪽으로 왔다. 모든 것이 완벽하게 짜 맞추어져 있다. 그는 젊다. 마이클 리처드와 동시에 도착한 이가 바로 그다. 그는 테니스장 쪽으로 가는 부영사를 본 적이 있다. 그는 지금 일어나고 있는 일, 라호르의 부영사의 현재 태도를 모르고 있는 듯한 기색이다.

"피터 모건이라고 합니다. 남으시죠, 그러시겠어요?"

"아직 잘 모르겠습니다."

부영사는 안-마리 스트레테르에게 방금 무언가를 말했고, 그것이 그녀를 뒷걸음질하게 했다. 그는 그녀를 잡아당긴다. 그녀는 몸을 뗀다. 그는 어디까지 갈 것인가? 대사 역시 그를 주시한다. 그는 그녀를 다시 잡아당기지 않는다. 그러나 그녀는 피하고 싶어 하는 듯하다. 그녀는 어찌할 바를 모른다. 어쩌면 그녀는 두려운가?


"당신이 어떤 사람인지 알아요." 그녀는 말한다. "우리는 서로를 더 이상 알 필요가 없어요. 오해하지 마세요."

"나는 오해하고 있지 않습니다."

"나는 인생을 가볍게 생각해요." 그녀는 손을 빼내려고 애쓴다. "그것이 내가 하고 있는 일이에요. 모든 사람이 옳아요. 내게는 모든 사람이 완전히, 온전히 옳아요."

"추스르려고 애쓰지 마시오. 더 이상 소용없는 일이오."

그녀는 다시 말을 시작한다.

"사실 그래요."

"당신은 나와 함께 있습니다."

"그래요."

"이 순간만은," 그는 간청한다. "나와 있어 주시오. 뭐라고 말했죠?"

"아무 말이나요."

"우리는 각자 떠나겠죠."

"나는 당신과 함께예요."

"그렇습니다."

"나는 여기 다른 어떤 사람도 아닌, 바로 당신과 온전히 같이 있어요. 여기, 이 저녁, 인도에."

사람들은 말한다. 그녀는 예의 바른 미소를 짓고 있어요. 그는 아주 침착해 보이는군요.

"나는 마치 이 저녁, 여기 당신과 함께 남아 있는 것이 가능한 것처럼 행동하려고 합니다." 라호르의 부영사가 말한다.

"그럴 가능성은 전혀 없어요."

"전혀요?"

"전혀. 그러나 당신은 마치 그럴 기회가 있는 것처럼 할 수 있어요."

"그들은 무슨 일을 할까요?"

"당신을 내쫓겠지요."

"나는 마치 당신이 나를 남게 하는 것이 가능한 것처럼 할 겁니다."

"그런데 우리가 왜 그렇게 하지요?"

"무언가가 일어나도록 하기 위해."

"당신과 나 사이에요?"

"그렇죠, 우리 사이에."

"거리에 나가 크게 외쳐보세요."

"그러죠."

"나는 그건 당신이 아니라고 말하겠어요. 아니, 나는 아무 말도 하지 않을 거예요."

"무슨 일이 일어날까요?"

"반 시간 정도 그들은 불편하게 느끼겠죠. 그러고 나서 그들은 인도에 대해 이야기할 거예요."

"그러고 나서는?"

"나는 피아노를 칠 거예요."

춤이 끝난다. 그녀는 떨어져서 차갑게 묻는다.

"당신의 앞날이 어떻게 될 것 같아요?"

"그걸 아십니까?"

"당신은 캘커타에서 멀리 떨어진 곳에 임명될 거예요."

"그게 당신이 원하는 것이오?"

"그래요."

그들은 헤어진다.

안-마리 스트레테르는 멈추지 않고 뷔페 앞을 지나친다.

그녀는 다른 살롱을 향해 간다. 라호르의 부영사가 처음 소리를 지른 것은 그녀가 막 그 안으로 들어간 뒤였다. 몇몇 사람이 그 말을 알아듣는다. 나를 남아 있게 해주시오!

사람들은 말한다. 그는 죽도록 취했군.

부영사는 피터 모건과 샤를 로세트 쪽으로 간다.

"나는 오늘 저녁, 여기, 당신들과 함께 남아 있겠소!" 그는 소리 지른다.

그들은 죽은 척한다.

대사는 인사하고 자리를 뜬다. 팔각의 무도장 안에는 취한 세 사람이 안락의자에 잠들어 있다. 마지막으로 음료가 나온다. 그러나 벌써 테이블은 반쯤 비어 있다.

"그만 귀가하시지요." 샤를 로세트가 말한다.

피터 모건은 사람들이 거두어들이는 쟁반에서 샌드위치를 집어 든다. 쟁반을 놔두라고 부탁하며 배가 고프다고 말한다.

"당신은 그만 귀가하시지요." 피터 모건도 말한다.

사람들은 라호르의 부영사가 뻔뻔스러움의 절정에 다다랐다고 생각한다.

"왜요?"

그들은 그를 쳐다보지 않는다. 그들은 그의 말에 대답하지 않는다. 이때 그는 다시 한번 소리를 지른다.

"나는 당신들과 남아 있길 원하오. 나를 단 한 번만이라도 여기 남아 있게 내버려 두시오."

그는 그들을 꼬나본다. 사람들은 후에 말하리라. 그가 우리를 꼬나보았어요. 사람들은 말하리라. 그의 입꼬리에는 거품이 번져 있었어요. 우리는 겨우 몇 명에 지나지 않았지요. 우리는 그를 쳐다보았어요. 그가 소리 지를 때 사방은 물을 끼얹은 듯했어요. 그것은 분노예요. 어디를 가든 그는 돌연한 분노로, 이런 유의 광란으로 자기 자신을 드러냈을 거예요…… 사람들은 생각한다. 이 남자는 분노 그 자체야, 자 여기 우리는 그것을 보고 있지 않은가?

샤를 로세트는 결코 잊지 못할 것이다. 장소가 비워지고, 넓어지는 것을. 불은 이미 꺼져 있다. 사람들이 쟁반을 거두어들인다. 사람들은 두려워하고 있다. 부영사의 시간이 다가왔다. 그는 소리 지른다.

"진정하시오." 샤를 로세트가 말한다. "부탁입니다."

"나는 남아 있겠소!" 부영사가 부르짖는다.

샤를 로세트는 그의 야회복의 깃을 잡는다.

"당신은 정말 막무가내군요."

부영사는 애걸한다.

"한 번만, 오늘 저녁, 단 한 번만 나를 당신들 옆에 남아 있게 해주시오."

"불가능한 일이오." 피터 모건이 말한다. "우리를 용서하시오. 당신 같은 인물은 자리에 없을 때만 우리의 관심거

리요."

부영사는 말 한마디 없이 흐느끼기 시작한다.

사람들은 말한다. 세상에 이 같은 불행이.

그러고는 두번째 침묵이 흐른다. 안-마리 스트레테르가 살롱의 문에 나타난다. 그녀 뒤에는 마이클 리처드가 있다. 부영사는 온몸을 떤다. 그는 거의 뛰다시피 그녀에게 간다. 그녀는 움직이지 않는다. 젊은 피터 모건이 부영사를 따라 잡고, 이제는 흐느낌을 멈춘 부영사를 뒤이어 잡고, 그를 팔 각의 무도장 문 쪽으로 이끌고 간다. 부영사는 그렇게 하도 록 내버려 둔다. 그는 마치 그것을 기다렸던 듯하다. 사람 들은 피터 모건이 그를 이끌고 정원을 지나가는 것을 본다. 보초가 문을 열고 부영사가 지나가고 문이 다시 닫히는 것 을 본다. 사람들은 여전히 고함을 듣는다. 그리고 고함이 멎 는다. 그때 안-마리 스트레테르가 샤를 로세트에게 말한다. 자, 지금 우리와 함께 가요. 그 자리에 못 박힌 듯 서서 샤를 로세트는 그녀를 바라본다. 누군가 말하는 것을 듣는다. 그 는 울면서 웃고 있지 않던가?

샤를 로세트는 안-마리 스트레테르를 뒤따른다.


한 사람이 기억하고 있다. 정원에서 그는 「인디애나 송」 을 휘파람으로 분다. 이 사람이 「인디애나 송」을 기억하는 마지막 사람이다. 그것이 전에, 그가 인도에 대해 알던 전부였다, 「인디애나 송」이.

　한 사람이 생각에 잠겨 있다. 그는 다른 곳에서 볼 수 없었던 무엇을 라호르에서 보았던 것일까? 밀집한 인구? 문둥병 위에 뒤덮인 먼지? 샬리마르 정원? 라호르 전에, 그는 라호르가 존속되는 양상을 기대했다. 이번에는 라호르를 파괴해야 한다는 생각에서 그 자신을 견뎌내기 위해? 그것은 확실하다. 그렇지 않으면, 그가, 라호르를 알기에, 죽을 수 있었을 것이기 때문에.

가로등 밑에서, 대머리를 긁으며, 이 기름진 밤 동안, 그
녀, 캘커타의 메마른 그녀, 그녀는 미친 사람들 틈에 끼어
앉아, 거기에 있다. 머리는 비고, 죽은 심장으로, 그녀는 여
전히 먹을 것을 기다린다. 그녀는 말하고, 아무도 이해하지
못할 무언가를 얘기한다.

음악은 불 밝혀진 건물의 뒤에서 멎는다.

취사실의 문 뒤에서는 소란스러운 이동이 있다. 자, 여기
음식이 배부된다.

이 저녁 프랑스 대사관의 취사실 뒤에는 많은 음식이 버
려져 있다. 구멍 뚫린 보퉁이를 등에 멘 채, 그녀는 놀랄 만
한 속도로 먹는다. 그녀는 미친 사람들의 따귀와 몰매를 피
한다. 입에 음식이 가득한 채, 그녀는 숨이 막힐 정도로 웃
는다.

그녀는 먹었다.

그녀는 정원을 한 바퀴 돌고 노래 부른다. 그녀는 갠지스
강 쪽으로 간다.

"지금 우리와 함께 가요." 안-마리 스트레테르가 말한다.

피터 모건이 돌아온다. 부영사는 여전히 정원의 철책 뒤에 있을 것이다. 사람들은 그가 소리 지르는 것을 듣는다.

축음기에서는 아주 낮게 춤곡이 흐른다. 아무도 듣지 않는다. 살롱엔 다섯 명이 있다. 샤를 로세트는 약간 떨어져 문 옆에 있다. 그는 서서 부영사의 울부짖음을 듣고 있다. 그는 철책에 매달린 부영사를 본다 — 야회복 그리고 검은 나비넥타이 — 울부짖음이 그친다. 비틀거리면서 그는 갠지스강을 따라 문둥병자들 사이를 걷기 시작한다. 남아 있는 얼굴들, 안-마리 스트레테르의 얼굴 또한 긴장되어 있다. 그녀는 듣고 있다. 그들은 듣고 있다. 그녀가 듣고 있다.

조지 크론 — 안와眼窩의 끝까지 치켜진 그의 두 눈은 마치 눈썹이 없는 듯하다 — , 사람들은 그의 두 눈을 보고 그가 잔인한 사람이라고 할 것이다, 단지 그가 그녀를 바라볼 때만 제외하고는. 그는 그녀 옆에 있다. 그들이 서로 알고 지낸 지는 얼마나 되었을까? 최소한 베이징에서부터. 그는 샤를 로세트 쪽으로 몸을 돌린다.

"때때로 우리는 샴페인을 마시러 '블루문'으로 갑니다. 당신도 가시겠어요?"

"원하신다면."

"오! 오늘 '블루문'에 가고 싶은지 난 잘 모르겠어요." 그녀가 말했다.

샤를 로세트는 노력해보지만, 갠지스 강가를 따라 걷다가 잠들어 있는 문둥병자들 위로 넘어지고, 고함지르며 다시 일어서고, 주머니에서 무엇인가 소름 끼치는 것을 꺼내고…… 도망치고 또 도망치는 부영사의 모습을 몰아낼 수가 없다.

"들어보세요……" 샤를 로세트가 말한다.

"아녜요. 그는 더 이상 소리 지르지 않아요."

그들은 듣는다. 그것은 더 이상 고함이 아니다. 여인의 노랫소리다, 가로수길에서 들려온다. 잘 들어보면, 누군가가 소리 지르는 것 같기도 하다. 그러나 그것은 훨씬 멀리서, 아마도 부영사가 아직 머물러 있을 거리 훨씬 저 멀리에서다. 잘 들어보면, 모두가 나지막하게 고함치고 있다. 그러나 멀리서, 갠지스강 저쪽에서다.

"자, 걱정들 하지 마세요. 그는 지금쯤 처소에 들어갔을 거예요."

"우린 서로 안면이 없군요." 마이클 리처드가 말한다.

그는 어디서 왔는가? 그는 캘커타에 살고 있지 않다. 그는 그녀를 보기 위해, 그녀 옆에 머물기 위해 이곳에 온다. 그는 생각보다 젊지 않다. 벌써 서른다섯 살. 샤를 로세트는 어느 저녁, 협회에서 보았음을 기억해낸다. 그가 이곳에 머문 지는 아마도 일주일쯤 되었을 것이다. 무언가가 그 둘을 결속시킨다. 샤를 로세트는 생각한다. 안정적이고 결정적인 것이, 그러나 그것은 더 이상 진행 중인 사랑은 아닌 듯하다. 그렇다, 그는 그가 들어올 때를 기억한다. 부영사의 흐느낌이 있기 훨씬 전이다, 검은 머리카락 밑의 어두운 눈. 사람들은 그들이 어느 저녁 '블루문'에서 하룻밤을 지낸 후, 찬데르나고르의 호텔에서 죽은 채로 발견되는 것이 불가능한 일이 아니라고 생각한다. 그렇다면 그것은 여름 계절풍이 부는 동안이리라. 사람들은 말하리라. 무엇을 위해서가 아니라 삶에 대한 무관심에서라고. 샤를 로세트는 막 앉으려던 참이다. 누구도 그에게 의자를 권하지 않았다. 그녀는 그를 은밀히 지켜본다. 그는 아직도 섬의 감미로움을, 찬데르나고르에서의 저녁 산책을, 이 수많은 배려를 거절할 수도 있다. 이 안락의자에는 결코 그 남자가 앉을 수 없으리라. 샤를 로세트는 처음으로 자신이 캘커타 백인 사회라는 교구회의의 핵심에 놓여 있는 것을 본다. 그에게는 아직도 선택의 여지가 있다. 앉느냐, 떠나느냐. 그녀는 분명히 그를 주시하고 있다. 그는 그 사실에 대해 확신한다. 그는 안락의자에 주저앉는다.

피로하지만, 실상 이 얼마나 감미로운 피로인가. 그녀는 시선을 내리깐다. 땅을 바라본다. 필경 그녀는 그가 오늘 저녁 여기 머무르리라는 데 대해 의심하지 않았다. 그것은 이루어졌다.

피터 모건이 되돌아온다.

"하룻밤 푹 자고 나면 별일 없을 거야." 피터 모건이 말한다. "내가 그에게 말했어, 네가 그를 탓하지 않을 거라고, 안-마리. 그러니 걱정하지 말라고. 그는 완전히 취해 있었어. 네가 '블루문'에 간다는 말을 어디서 들은 모양이야. 그에 대해 얘기하더군. 바로 그 때문에, 모든 것이 용납될 수 있으리라고 믿었던 거야. 여자가 '블루문'에 갈 때는, 생각해봐……"

샤를 로세트는 실제로 초대받은 한 여자가 '블루문'에 대해 이야기했다고 말한다.

"그에 대해 그가 무슨 말을 했어요?" 안-마리 스트레테르가 피터 모건에게 묻는다.

"그는 웃더군. 그는 '블루문'의 거울 방에 있는 프랑스 대사 부인에 대해 얘기했어. 그리고 또 다른 부인에 대해서도. 그 이상은 모르겠어."

"거봐." 조지 크론이 말한다. "캘커타에 있는 사람들이 그 사실을 알고 있다고 내가 말했지…… 너는 아무래도 그만이지? 좋아." 그는 덧붙인다. "재미있는 일이야, 그 남자는 우리로 하여금 그에 대해 생각하게 해." 그는 샤를 로세트에게 말을 건넨다. "둘이 함께 얘기하는 걸 봤어요. 인도에 대해서였나요?"

"네. 자신의 말을 믿게 하려는 방식일지는 몰라도, 내게는 그가 빈정거리는 것처럼 보였습니다……"

마이클 리처드는 혼란스럽다.

"내가 그에게 다가가려고 했는데, 안-마리가 나를 막았어요. 후회됩니다. 아! 참 후회가 되는군요."

"너는 그를 참지 못했을 거야." 안-마리 스트레테르가 말한다.

"그러면 너는?"

그녀는 가볍게 어깨를 으쓱하고는 미소 짓는다.

"오! 나…… 나도 물론 못 참지…… 모든 사람이 그에게 말려들 필요는 없어."

"너는 그와 무슨 얘기를 했어?"

"문둥병에 대해서." 안-마리 스트레테르가 말한다.

"오로지 문둥병에 대해서…… 저런."

"그래."

"불안하신가요?" 마이클 리처드가 샤를 로세트에게 말한다.

"오늘 밤 그에게 닥친 일은 매우 힘들군요."

"정확히 어떤 것이? 죄송하지만, 제가 그 자리에 없었어요……"

"결정적으로…… 어디에선가…… 여기에서 제외된다는 것, 그 사실이 요지부동해 보였어요…… 내 생각에는요." 그는 안-마리 스트레테르에게 얘기한다. "그는 오래전부터 당신을 알고 싶어 했던 것 같아요…… 내 생각에는 그가 아침마다 단지 그 이유로, 테니스장에 가는 것처럼 보입니다……"

그들은 기다리면서 그녀를 바라본다. 그녀는 관심 없는 듯한 기색이다.

"어떻게 당신은 안-마리가……?" 피터 모건이 말한다.

"물론이죠."

"그는 테니스장 근처에서 무엇을 찾으려고 했을까?" 피터 모건이 묻는다.

"모르겠어." 그녀가 말한다.

그녀의 목소리는 매우 감미롭다. 마치 아픔을 주지 않는 바늘 끝처럼. 그녀는 샤를 로세트가 자신에게서 시선을 떼지 않고 있는 것을 본다.

"우연히 거기 갔겠지." 그녀는 말한다. "그는 무작정 찾는 거야."

"자, 그 사람 이야기는 그만." 피터 모건이 말한다.

스물네 살. 그는 인도가 처음이다. 조지 크론은 그의 가장 친한 대화 상대다.

여전히 갠지스강을 따라 둔탁한 고함이 들려온다. 샤를 로세트는 몸을 일으킨다.

"그가 처소에 도착했는지 보고 올게요. 여기 남아 있기가 어렵군요…… 5분 거리예요."

"그는 발코니에서 고함치고 있을 겁니다." 피터 모건이 말한다.

"만약 그가 당신을 알아본다면," 조지 크론이 말한다. "당신은 그가 실패라고 여기는 일을 확인시켜줄 따름이에요."

"그를 내버려 둬요, 제발……" 안-마리 스트레테르가 말한다.

샤를 로세트가 다시 앉는다. 그의 불안이 가라앉는다. 아무것도 아니다. 단지 신경과민, 지난 몇 주간의 피로일 뿐.

"아마도 당신 말이 맞아요."

"그는 아무것도 필요로 하지 않아요."

피터 모건과 조지 크론은 저녁에 나누었던 유의 대화를 계속하고 있는 듯하다. 캘커타의 미친 걸인 여자에 대해, 용케 음식이 있는 장소를 찾아내는 이 걸인 여자가 어떻게 시간을 보내는지에 대해.

샤를 로세트는 밖으로 나가는 것을 완전히 포기한다. 마이클 리처드는 몽상가다. 그는 안-마리 스트레테르에게 부영사에 대해 묻는다. 그에 대해 그녀는 어떻게 생각하나?

"그가 말하기 전의 분위기로 보아, 나는 그의 시선이 무엇인가…… 그가 최근에 잃어버린 무언가를 바라보고 있다고…… 그가 무한정 그것을 바라보고 있다고 생각했었지…… 글쎄, 한 가지 생각, 좌절된 한 생각…… 지금은 잘 모르겠어."

"불행이 그런 작용을 하지. 그렇게 생각하지 않아?"

"나는," 그녀가 말했다. "이 남자는, 뭐랄까 불행의 문제라고는 생각지 않아. 그는 우리가 더는 볼 수 없는 무엇을 잃어버렸을까?"

"아마도 모든 것을?"

"어디에서? 라호르에서?"

"아마, 아마도. 그가 잃어버릴 무언가가 있었다면, 그것은 분명 라호르에서였을 거야."

"그러면 반대로, 그는 라호르에서 무엇을 얻었을까?"

"그가 무리를 향해 총질한 것이 밤인가?"

"아 그럼, 되는대로 사람들 무리에 대고?"

"물론이지, 아침이 되어서야 누구였는지 알게 되지."

"정원에서 그는 휘파람으로 「인디애나 송」을 부르지."

조지 크론과 피터 모건은 다가가 앉았다. 그들은 이 걸인 여자가 문둥병에 걸리지 않은 것이 정말 기적 같은 일이라고 말한다. 그녀는 문둥병 속에서 잠자고, 문둥병에 잠든다. 매일 아침 그녀는 아직은 온전한 자신의 사지를 점검한다.

안-마리 스트레테르는 일어나서 무슨 소린가를 듣는다.

"가로수길에서 노래 부르는 건 바로 그 여자야." 그녀는 피터 모건에게 말한다······ "들어봐······ 하여간 언젠가는 꼭 알아봐야겠어······"

"그러나 너는 아무것도 알아내지 못할 거야." 피터 모건이 말한다. "그 여자는 완전히 미쳤어."

노래가 멀어진다.

"아마도 내가 잘못 생각했나 봐. 불가능한 일이지. 이곳이 인도차이나에서 수천 킬로미터나 떨어져 있으니······ 대체 그녀는 어떻게 여기까지 왔을까?"

"알고 있나요?" 조지 크론이 말한다. "피터가 사반나케트의 이 노래에 바탕을 둔 책을 쓰고 있어요."

마침내 피터 모건은 웃는다.

"나는 인도의 고통에 대해 흥분하고 있습니다. 우리 모두 다소 그렇지 않습니까, 안 그래요? 이 고통은 우리가 우리 자신 안에서 숨을 쉴 때만 얘기할 수 있지요······ 나는 이 여자에 대해 상상의 기록을 하고 있습니다."

"왜 그녀를?"

"아무것도 그녀에게 일어날 수 없기 때문이죠, 문둥병조차도······"

"여기, 나의 인도가, 또 당신의 인도, 이 인도, 저 인도가 있습니다." 샤를 로세트는 말한다, 그는 미소 짓는다. "우리가 할 수 있는 것, 당신이 하고 있는 것 또한 잘은 모르지만, 알다시피 나는 당신을 모르지만, 그건 마치 그들의 인도를 한데 묶어놓은 것같이 보이는군요⋯⋯"

"부영사의 인도는 고통스러운 인도인가요?"

"아니요, 그는 그렇지조차 못해요."

"그렇다면, 그 대신 그에게 무엇이 있을까요?"

"아무것도."

"우리 모두 익숙해졌습니다." 마이클 리처드가 말한다. "우리는 그래요. 당신 또한 5주면 충분합니다. 3일만 되어도 충분해요. 나중에는⋯⋯"

"로세트, 부영사가 여전히 당신을 불안하게 합니까?"

"아니요⋯⋯ 나중에는⋯⋯ 뭐라고 하셨죠?"

"오! 나중에⋯⋯ 나중에요⋯⋯ 우리는 요즈음 말라바르 해안을 휩쓸고 있는 기아보다도 훨씬 더 부영사를 낯설게 여기고 있어요. 그 사람 미친 거 아네요? 단순히 미친 거요."

"그가 소리를 지를 때, 사람들은 라호르에 대해 생각해요⋯⋯ 그의 발코니에서 밤에 소리 지르곤 했지요."

"안-마리 또한 그녀의 인도를 가지고 있지요." 조지 크론이 말한다. "그러나 그녀의 인도는 우리가 가지고 있는 뒤범벅인 인도와는 달라요."

그는 그녀에게 가, 단숨에 그녀를 포옹한다.

"여기서 라호르의 부영사 때문에 울어야 하나요?" 피터 모건이 묻는다.

"아니." 안-마리 스트레테르가 말한다.

다른 누구도 의견이 없는 듯하다.

오렌지에이드와 샴페인이 날라져 왔다. 날씨는 덥지 않다. 사람들은 캘커타에, 종려나무 위에 비 내리는 소리를 듣는다. 그들은 '블루문'으로 갈 것인가? 누군가가 묻는다. 아니, 오늘은 분명 아니다. 지금은 너무 늦었다. 그리고 여기는 아주 쾌적하다.

"있잖아, 나 베이징에 다시 갔었어." 조지 크론이 말한다. "아, 모든 거리에서 너를 보았지. 모든 도시 사람이 여전히 네 얘기를 해."

"저 말이죠," 그녀는 샤를 로세트에게 말한다. "'블루문' 말이에요. 그곳은 다른 곳과 다름없는 카바레예요. 유럽인들은 문둥병 때문에 갈 엄두를 못 내는 곳이기에 그곳을 사창가라고 부르죠."

"나 같은 사람은," 샤를 로세트는 웃으며 말한다. "분명 그 같은 장소를 모르고 있었습니다."

소나기가 멀어져간다.

"인도에 오게 되기를 바라셨어요?" 그녀는 미소 지으며 묻는다. "모든 사람이 그 비슷한 무언가를 기다리지요."

다시 한번 나지막하게 캘커타가 부르짖는다.

"내가 보낸 캘커타에서의 다섯 주가 힘들었던 건 사실입니다. 그러나 또한 일반적 법칙이란 게 있는 것 같아요. 뭐랄까, 잘은 모르겠지만 사람들이 기대했던 바를 만나는 것도 사실입니다……"

"다른 곳에 배속되기를 더 바라셨어요?"

"초반에는 아무 데나 다른 곳을요."

그러나 마이클 리처드는 부영사에 대해 얘기하는 데 집착한다.

"그의 서류에는 불가능이란 말이 적혀 있다고 하던데."

"대체 무엇이 불가능했을까?"

"그는 네게 뭘 원했을까, 안-마리?"

그녀는 주의 깊게 듣는다. 그녀는 마이클 리처드가 방금 던진 질문을 예상하지 못했다.

"오! 그건 분명하지가 않아."

"그리고 라호르의 부영사가 단지 그뿐이라면, 그 옆에서라면 잊는 게 가능하다고 믿는 여인을 찾는 남자 중 하나일 뿐이라면?"

그녀는 미소 지었나?

"서류에는 정확히 무엇이 있었어?" 마이클 리처드가 묻는다.

"오!" 그녀는 말한다. "예를 들어 그가 밤에 샬리마르 정원에 대고 총을 쏘았다는 것."

"그는 캘커타의 관저도 그렇게 황폐하게 만들었나?"

안-마리 스트레테르가 웃는다.

"아니." 그녀는 말한다. "결코, 조금도."

"라호르에서 그는 거울에 대고 총을 쏘았지."

"밤에, 문둥병자들은, 샬리마르 정원에 모여 있어."

"낮에도, 나무 그늘 속에."

"그는…… 다른 곳에서 알았을 한 여인에게 싫증 났던 건 아닐까?"

"그는 아직 한 번도……라고 말했는데, 그게 사실일까?"

"그런 일들이라면," 피터 모건은 말한다. "나는 어느 정도 확신하는데, 그는 자신이 한 일들을 해야만 한다고 믿었을 거야. 그는 늘 어느 날엔가는 결정적인 무언가를 실행해야 할 의무가 있다는 생각 속에서 살아왔으니 말이지, 그런 후에야……"

그녀는 미소 지은 채 말했다.

"그가 극적인 소동을 일으킬 필요가 있다고 믿었던 것은 사실이야. 다른 누구보다 바로 그가, 내 생각에는 그래."

"어떤 극적인 소동?"

"……예를 들어 분노의 연극……"

"그에 대해 네게 한마디도 안 했어?"

"한마디도." 안-마리 스트레테르는 말한다.

"그런 후에야…… 네가 하려는 말은?" 마이클 리처드가 묻는다.

"그런 후에야," 피터 모건이 말을 잇는다. "그는 다른 사람들에 대해, 그들의 배려에 대해, 스트레테르 부인의 사랑에 대해 권리를 가질 수 있다고 생각했겠지."

다시 한번, 멀리서 잠 속의 캘커타가 삐걱거린다.


"석 달 전부터 네 집에서 늘 같은 신문기자들이 잔뜩 먹고 자고 하더군." 조지 크론이 웃으면서 말한다.

그녀는 그들이 비자 문제로 캘커타에 묶여 있다고, 중국에 가고자 한다고, 죽을 지경으로 지루해하고 있다고 말한다.

"말라바르 해안에 쌀을 공급하기 위해 그들이 무엇을 하려는 거야?"

"아무것도. 연대 의식 같은 건 없어. 그러니 진지한 건 아무것도 없지."

"1파운드의 쌀을 위해 8일간이나 줄을 섭니다. 로세트, 고통받을 준비가 돼 있습니까?"

"준비됐어요."

"아니에요." 안-마리 스트레테르가 말한다. "그렇다고 믿지만, 절대 준비되어 있지 않아요. 우리가 늘 생각했던 것보다 훨씬 신경을 건드리지요."

"기아가 일어나는 동안, 기아와 무관한 유럽인들의 자살은 아무래도 이상해."

"안-마리, 나의 안-마리, 슈베르트를 연주해줘." 조지 크론이 요구한다.

"피아노 조율이 안 돼 있어."

"죽기 직전에 네게 미리 알릴 테니, 슈베르트를 연주하러 와줘. 피아노 조율은 그리 어긋나 있지 않아. 그 말이 네 마음에 들기 때문이지. 피아노 조율이 안 돼 있어요, 습기가 하도 많아서……"

"내가 그 말을 서두로 쓰는 건 사실이야. 권태로 시작하기도 하지."

샤를 로세트는 그녀에게 미소 짓는다.

"당신에게도 권태 이야기 했었죠?"

"네."

그들은 모두 우아하게 차려진 내실로 간다. 그가 처음 본, 그리고 결코 다시 보지 못하리라고 생각한 그곳으로. 그곳은 테니스장 쪽 정원으로 나 있는 작은 정자였다. 긴 의자 옆에는 수형피아노가 놓여 있다. 안-마리 스트레테르는 슈베르트를 연주한다. 마이클 리처드는 선풍기를 껐다. 돌연 공기가 어깨를 짓누른다. 샤를 로세트는 밖으로 나갔다가 돌아와서는 입구의 층계 위에 앉는다. 떠난다고 말한 피터 모건은 긴 의자에 길게 눕는다. 마이클 리처드는 피아노에 팔을 괴고 안-마리 스트레테르를 바라본다. 조지 크론은 그녀 옆에 눈을 감고 앉아 있다. 정원에서는 갯벌 냄새가 난다. 아마도 썰물 때문이리라. 협죽도의 수액 향기와 갯벌의

밋밋한 악취가 대기의 아주 느린 움직임에 따라 뒤섞였다가 흩어진다.

악장은 벌써 두 번이나 되풀이되었다. 그리고 다시 세번째다. 사람들은 그녀가 다시 한번 연주하기를 기다린다. 곧 다시 시작된다.

팔각 홀의 텅 빈 뷔페 앞에서 조지 크론이 말한다. ……무더위 동안의, 그렇죠, 한 가지 조언, 뜨거운 녹차를 마셔야 합니다…… 단지 이 음료만이 갈증을 가라앉히죠…… 차가운 음료를 마시는 것을 자제해야 해요…… 녹차를 마셔야 해요. 쓰고 떫지요. 동감이에요. 그러나 결국은 그걸 좋아하게 됩니다…… 그것이 계절풍의 비밀입니다.

안락의자 위에 취한 신문기자들. 그들은 몸을 뒤치고, 투덜거리고, 몇 마디 끊긴 말을 내뿜고는 다시 곯아떨어진다.

마이클 리처드는 주말 동안 '프린스오브웨일스'에 가는 것이 좋은 생각이라고 말한다. 누군가가 샤를 로세트에게 이 전설적인 호텔은 대사관 별장과 같은 섬에 있다고 설명한다.

그들은 모두 낮잠 시간 후인 오후 4시에 떠날 것이다.

마이클 리처드가 샤를 로세트에게 말했다.

"와보세요, 델타의 논을 보게 될 거예요. 믿을 수 없을 정도죠."

그들은 마주 본다. 서로 미소 짓는다. 우리와 같이 가요, 가시겠어요? 네? 아직 잘 모르겠습니다.

안-마리 스트레테르는 샤를 로세트와 동행한다. 그들은 정원을 가로지른다. 지금은 6시다. 그녀는 구름 낀 아래 한 방향을 가리킨다. 그곳에 창백한 빛이 서려 있다. 그녀는 말한다. 갠지스강의 델타는 저쪽이에요. 그곳의 하늘은 어두운 녹색 짚단 더미처럼 환상적이죠.

그는 행복하다고 말한다. 그녀는 대답하지 않는다. 그는 햇볕에 그을린, 아주 창백한 그녀의 피부를 본다. 그는 그녀가 지나치게 마셨음을 본다. 그는 그녀의 맑은 눈 속 시선이 춤추는 것을, 괴로워하고 있는 것을 본다. 그는 순간 본다, 여기, 정말이다, 눈물을 본다.

무슨 일인가?

"아무것도 아녜요." 그녀는 말한다. "새벽빛 때문이에요. 안개가 있을 때, 빛이 얼마나 힘든지……"

그는 저녁에 그들과 같이 가겠노라고 약속한다. 그들은 여기서, 지정된 시간에 다시 만날 것이다.


그는 캘커타에서 걷는다. 그는 눈물에 대해 생각한다. 그는 만찬회 동안의 그녀를 다시 본다. 이해하려고 애쓴다. 가능한 설명들이 스치고 지나가나 깊이 파고들지는 않는다. 대사 부인이 갇힌 시선의 유배지에서, 이 밤이 시작될 때부터, 눈물이 아침을 기다리고 있었음을 그가 기억한 것만 같았다.

그가 여기서 해 뜨는 것을 바라보기는 처음이다. 저 멀리, 푸른 종려나무들. 갠지스 강가에는 문둥병자와 개들이 뒤섞여 이 도시에 첫번째 넓은 성벽을 만들고 있다. 기아로 죽는 사람들은 좀더 멀리, 북쪽의 조밀한 밀집 지대에서 마지막 성벽을 만든다. 빛은 어슴푸레하다. 이 빛은 다른 어느 빛도 닮지 않았다. 끝도 없는 고통 속에서, 단위별로 도시가 깨어난다.

무엇보다 사람들의 눈에 띄는 것은 갠지스강을 따라 나 있는 이 첫번째 성벽이다. 그들은 줄지어 혹은 무리 지어 나무 밑에 드문드문 모여 있다. 때때로 그들은 몇 마디 말을 주고받는다. 샤를 로세트는 자신이 점점 더 그들을 잘 보고 있다고, 자신의 시력이 매일 강렬하게 높아지고 있다고 생각한다. 그는 지금 그들이 무엇으로 이루어져 있는지를, 부서지기 쉬운 물질로 이루어졌음을, 맑은 림프액이 그들의 몸 안을 돌고 있음을 본다고 생각한다. 더는 힘없는 소리로 이루어진 인간의 대열, 소리의 뇌를 지닌 소리의 인간, 고통을 느끼지 않는 인간 군단. 샤를 로세트는 그곳을 떠난다.

그는 가로수길 저 끝에서 천천히 다가오는 살수기를 피하기 위해 갠지스강을 따라 직각을 이루는 큰길로 접어든다. 그는 대사관 정원에서 검은 옷을 입은, 땅에 시선을 떨군 채 천천히 거닐고 있는 안-마리 스트레테르를 본다. 17년 전, 선창에 발을 치고 천천히 달리는 거대한 함선, 사반나케트 쪽으로 천천히 불어나는 메콩강, 원시림과 회색 논 사이의 거대한 물의 흐름, 그리고 밤이 되어 모기장에 무더기로 달라붙는 모기떼. 그래 봐야 소용이 없다. 그는 스물두 살 나이에 거대한 함선에 탄 그녀를 상상할 수가 없다, 그는 젊은 시절의 이 얼굴, 무구한 두 눈 그리고 그들이 지금 보고 있는 것을 바라보던 눈을 떠올릴 수 없다. 그는 걸음을 늦춘다. 벌써 날씨는 너무 덥다. 도시의 저쪽, 정원에서부터 협죽도가 향기를 내뿜는다. 협죽도의 땅. 이제 더 이상 이 꽃은 그만, 여기서만으로 충분하다. 영원히, 다른 어느 곳에서도 다시는. 이 밤, 그는 너무 마셨다. 너무 많이 마셔서 목덜미가 무겁고 구역질이 난다. 협죽도가 여명에 뒤섞이고, 겹겹이 쌓인 문둥병자들은 흩어지고, 움직이고, 사방에 퍼진다. 그는 그녀를 생각한다. 그는 그녀, 그녀만을 생각하려고 노력한다. 긴 의자 위에 젊은 모습이 강을 마주 보고 앉아 있다. 그녀는 앞을 주시하고 있다. 아니다, 그는 그녀를 어둠에서 끌어낼 수 없다. 그는 다만 그녀를 둘러싸고 있는 것을 볼 수 있을 뿐이다. 숲, 메콩강 그리고 포석이 깔린 길 위에 겹쳐 앉은 그들은 스무 명이다. 그녀는 아프다. 밤에 그녀는 운다. 사람들은 그녀를 프랑스로 되돌려보내야 한다고 말한다. 그녀 주위에서 사람들은 겁을 낸다. 사람들은 늘 너무 큰 소리로 떠든다, 멀리 철책이 있고 카키색 군복의 보초들은, 그들이 그녀의 일생 내내 그럴 것처럼 그녀를 보호한다. 사람들은 그녀가 권태롭다고 소리 지르기를, 그녀가 그들의 면전에서 나가떨어지기를 기다리지만, 아니다, 스트레테르 씨가 도착하고 그녀를 함선으로 데리고 가, 그녀에게 당신을 가만히 내버려 두겠소, 당신은 프랑스로 돌아갈 자유가 있어요, 아무것도 두려워할 게 없소,라고 말했을 때, 그녀는 여전히 긴 의자 위에서 침묵하고 있었다. 반면 그, 그는, 샤를 로세트는 — 그는 걸음을 멈춘다 — , 아 그는 안-마리 스트레테르 일생의 그 시기에, 어린아이였을 뿐이다.

이 저녁이 이루어지기 위해 17년이 필요했다. 여기서. 뒤늦게, 뒤늦게.

그는 갠지스 강가로 되돌아간다, 비틀거리며 걷는다. 해가 솟아올랐다. 그리고 돌들과 종려나무 위로 적갈색 햇무리가 보인다. 공장 굴뚝의 연기는 하나하나 똑바로 올라간다. 무더위가 벌써 숨 막히게 한다. 델타 쪽 하늘층은 하도 두꺼워, 거기로 몇 발의 총포를 쏘면 기름이 쏟아져 나올 것만 같다. 바람 한 점 없이, 소나기는 이 아침 한 오라기의 바람이 가져다줄 행복을 캘커타에서 앗아간다. 그리고 벌써 저 멀리 순례자들이 보이고, 여전히 문둥병 속에서 불쑥 나타나는, 끝도 없는 고뇌 속에서 큰 소리로 웃어 젖히는 문둥병자들. 그리고 갑작스럽게 벌써 부영사가 관저의 발코니 위에서 실내복 차림으로 그가 오고 있는 것을 바라보고 있다. 너무 늦었다. 뒤돌아서? 너무 늦었다. 첫 햇살에 습기가 증발하는 새벽이면, 가벼운 천식이 그를 깨운다고 말한 것을 샤를 로세트는 기억한다. 그는 벌써 자신에게 말을 건넬 쉿소리 나는 목소리를 듣는 듯하다. 아, 친구, 이 시간에 귀가하시오?

아니다. 그의 생각은 틀렸다. 그가 말한 것은 이런 것이 아니다.

"잠시 들어오겠소, 무슨 상관이 있겠습니까…… 조금 더 일찍이나 조금 더 늦게나, 이 무더위 때문에 도저히 잘 수가 없군요, 이런 악몽이라니!"

목소리, 그것은 예상대로, 쉿소리 나는, 동일한 것이다. 그러나 언제 부영사의 신경은 가라앉을 것인가? 그는 올라가고 싶지 않다. 부영사는 애원조가 된다.

"10분만, 부탁하오."

그는 여전히 거절하며 피곤하다고 말하고, 만약 그것이…… 어제저녁의 작은 사건 때문이라면 염려 말라고 말한다. 아니요, 그것 때문이 아니오, 기다려요, 문을 열러 내려가겠소.

샤를 로세트는 가버린다. 기다리지 않는다. 그는 초대에 대해 생각한다. 그는 무엇을 말하고자 하는가? 또 무슨 거짓말을 하려나? 너무 늦었다. 부영사가 뒤따라와 팔을 잡아당긴다. 10분만, 잠깐만 들어갈 수 있지 않겠습니까.

"나를 가만히 내버려 두세요. 당신과 얘기하고 싶지 않습니다……"

부영사는 그의 팔을 놓고 고개를 숙인다. 그때 샤를 로세트는 그를 바라보고, 그가 잠을 자지 않았음을 본다. 그는 자려고 애썼던가? 아니다. 그러지조차 않았다. 그가 피로에 지쳐 있음을, 게다가 그것조차 모르고 있음을, 그것조차 느끼지 않음을 본다.

"알고 있어요, 내가 골칫거리라는 걸."

"그런 뜻이 아닙니다……" 샤를 로세트는 미소 짓는다. "대체 왜요?…… 게다가 당신은 무척 피곤해 보입니다."

"내가 무슨 말을 했나요?"

"기억나지 않습니다."

그들은 그의 방 안에 있다. 머리맡 탁자 위에는 수면제 한 통과 편지 한 통이 펼쳐져 있다. <나의 사랑하는 장-마르크에게>

"나는 아무 말이나 지껄였습니다…… '블루문' 얘기를 들었을 때…… 이성을 잃었습니다…… 나는 모든 것이 허락되었다고 믿었죠…… 알아요, 내가 도저히 용서받을 수 없는 실언을 한 것을…… 그러나 그것은……?"

그는 계속하지 않는다.

"나를 올라오라고 한 것이 그것 때문이라면…… 아니요, 우리는 거기 가지 않았어요."

"조금은 그 때문이었소, 그렇소."

한편에서, 보이지는 않으나, 누군가가 구두 닦는 소리가 들린다. 단번에 부영사는 문을 세게 닫아버린다.

"저 소리를 들을 수가 없어요. 잠을 자지 못했을 때는, 어쩔 수 없습니다……"

"알고 있어요. 당신이 말하는 것을 모든 사람이 느끼고 있지요."

부영사는 일어선다. 그는 웃는다. 그는 연극을 연출한다, 지칠 줄 모른다.

"정말이요?"

"그럼요."

"그러나 내가 올라오라고 부탁한 것은 그 말을 하기 위해서가 아니요." 그는 빈정거린다. "나는 알고 싶었소. 그리고 로세트 당신이 그녀에 관한 한 운이 좋았다는 것이 당연하다는 걸 인정하세요."

"그렇지 않아요."

부영사는 침대 위에 앉는다. 그는 문 옆에 서 있는 샤를 로세트를 바라보지 않는다. 그는 매우 빨리 말한다. 그의 시선에는 소름 끼치게 꿰뚫는 무언가가 있다. 샤를 로세트는 가벼운 두려움이 스치는 것을 알아챈다. 부영사는 침대에서 일어나 다가온다. 그는 뒷걸음질 친다.

"이 모든 게 고통이요. 그녀를 사랑해서는 안 됩니다, 로세트."

"이유를 모르겠어요…… 이 일에 왜 당신이 참견합니까?"

그는 샤를 로세트를 붙잡으려 애쓴다. 앉아요. 그는 안락의자를 권한다. 그는 말한다.

"원하지 않는 여인과 말썽을 일으켜서는 안 됩니다, 이해하시겠소? 나는 내가 원하는 일에 참견하오, 상관하지 않아요……"

그는 미소 짓는다. 그러나 양손은 떨고 있다, 샤를 로세트는 여전히 뒷걸음질 친다.

"당신 아주 피로한 기색이군요. 눈 좀 붙여야겠어요."

부영사는 설득력 있는 몸짓을 한다. 피로, 그는 그것을 잘 알고 있다는 투다. 그는 그들이 무엇에 대해 얘기했는지, 누구누구 있었는지를 묻는다. 샤를 로세트는 이름을 열거한다. 그는 그들이 인도에 대해 얘기했다고 말한다.

"그녀가 단지 인도에 대해서만 말했다고요, 그녀가?" 부영사가 묻는다. "발코니로 와요. 여기가 그래도 좀 나아요. 열기가 방 안에 남아 있어요."

"단지 인도에 대해서만, 그것도 아주 조금."

그는 그녀, 안-마리 스트레테르가 아름답다고, 그는 그녀가 아름답다고 생각한다고, 그 얼굴이라니, 그녀가 젊었을 때는 아마도 지금보다 덜 아름다웠을 거라고, 그러나 더 젊었을 때의 그녀, 아주 젊은 여인인 그녀를 그가 상상할 수 없는 것은 이상한 일이라고 말한다.

샤를 로세트는 대답하지 않는다. 그 자신 또한 착란상태라 이름 붙일 수 있는, 부영사의 이 상태를 멈추기 위해서는 무언가를 말해야 한다.

"저 말이죠." 그는 말한다. "'블루문'에서도, 다른 카바레에서처럼 샴페인을 마신다는 얘기를 들었습니다. 그곳은 아주 늦게까지 열려 있어서 그들이 거기 가는 겁니다."

부영사는 난간에 팔을 괴고 있다. 목소리는 변해 있다. 그는 움켜쥔 두 주먹을 얼굴에 대고 있다.

"별로 중요하지 않소, '블루문'이건 아니건." 그는 말한다. "그녀는 특별히 선호하는 것이 없는 여인이요…… 바로 그렇소…… 중요한 것은…… 당신이건 나건…… 우리 사이에, 우리가 이 같은 얘기들을 할 수 있지요. 나는 그녀가 아주…… 아주 매혹적이라고 생각하오."

샤를 로세트는 대답하지 않는다. 거리의 가로등이 꺼진다.

"어제저녁 나는 실수를 거듭했소." 부영사는 말한다. "나는 당신이 조언해주길 바라오. 어떻게 하면 그것을 만회할 수 있겠소?"

"모르겠습니다."

"전혀?"

"정말입니다, 모르겠어요. 그녀는 아주…… 비밀스럽습니다. 나는 아무것도 몰라요. 이렇게 오늘 아침도," 나는 지금 해서는 안 되는 얘기를 하고 있는 중이다, 샤를 로세트는 생각한다. 그러나 부영사의 초조함은 도저히 거역할 수 없는 방식으로 속내를 끌어낸다. "그녀가 철책까지 나를 바래다 주러 왔을 때, 갑자기 그녀는 눈물을 흘렸습니다…… 뚜렷한 이유 없이…… 그녀는 무엇 때문이었는지 말하지 않았어요…… 그녀의 모든 행동이 이러할 겁니다. 나는 그렇게 생각해요……"

부영사는 그에게서 시선을 뗀다. 그는 발코니의 난간을 움켜쥔다.

"당신은 운 좋은 사람이오." 그는 말한다. "그녀를 울게 하다니."

"뭐라고요?"

"나는 그 말을 들은 적이 있어요…… 그녀의 하늘, 그것은 눈물이라고요."

샤를 로세트는 무언가를 변명한다. 그는 오해하고 있다. 그는 확신한다. 안-마리 스트레테르를 울게 한 것은 그가 아니다. 부영사는 그를 바라본다. 그는 관대하게 미소 짓는다. 그는 행복하다.

"당신이 그녀를 다시 보게 되면 나에 대해 이야기해야 합니다." 그는 말한다, 그는 웃는다. "나는 버틸 수가 없소. 로세트, 나를 도와주어야 해요. 당신에게는 그럴 이유가 없소. 그걸 잘 알아요. 그러나 나는 한계에 다다랐소……"

어쩌면 그는 이렇게 거짓말을 하는가, 샤를 로세트는 생각한다.

"봄베이로 가세요."

그때 장-마르크 드 아슈는 마침내 이상하리만치 가벼운 어투로 말한다.

"이제 봄베이로 가지는 않겠소…… 그래요, 내가 당신에게 일격을 가했지요……" 그가 웃는다. "나는 그녀에게 연정같은 걸 품고 있어요. 그것이 내가 봄베이에 가지 않는 이유요. 내가 당신에게 이토록 집요하게 얘기하는 것은, 한 여인이 내게 사랑의 감정을 일으킨 것이 평생토록 처음이기 때문이오."

샤를 로세트는 더는 듣고 있을 수가 없다. 더는 어찌할 수가 없다.

"뭐랄까요, 아침에 그녀가 정원을 지나가는 것을 볼 때나 어젯밤처럼 그녀가 말을 걸었을 때. 내가 당신을 너무 지루하게 하는 건 아닌지 모르겠소……"

"괜찮아요."

"나는 당신에게 이 얘기를 꼭 해야만 했어요. 아마도 당신은 나보다 더 빠른 시일 내에 그녀를 다시 보게 되리라고 생각하니까요. 그리고 나는…… 현재 나는 아무것도 할 수 없기 때문이오. 나는 큰 것을 바라지 않소. 그녀를 다시 보는 일, 다른 사람처럼 그래야 한다면 입을 다문 채, 그녀가 있는 곳에 있는 것이오."

벌써 굉장한 열기다. 안개가 타는 듯이 뜨겁다. 샤를 로세트는 방으로 들어간다. 그는 도망가고 싶다.

"대답해주시오." 부영사는 말한다.

"대답할 게 없습니다. 당신에게는 중개인이 필요하지 않습니다." 그는 화를 내고 있다, 감히. "게다가 나는 당신이 방금 한 말을 믿지 않습니다."

방 한가운데 서서 부영사는 갠지스강을 바라본다. 샤를 로세트는 그의 눈을 보지 못하나, 마치 그가 웃고 있는 것처럼 입술 근처가 일그러져 있음을 본다. 그는 기다린다.

"그렇다면 내가 왜 당신에게 이야기를 하겠소, 당신 생각에는?"

"아마도 그것을 믿기 위해서, 그러나 솔직히 말하면 모르겠습니다. 아마도 내가 너무 심했던 것 같군요. 피곤해요."

"당신은 사랑이라는 것이 사람들이 만들어내는 하나의 관념이라고 생각합니까?"

샤를 로세트는 가버리겠다고 소리 지른다. 그러나 떠나지 않는다. 그는 다시 봄베이에 대해 말한다. 그것은 이성적이지 못하다. 다섯 주째 그는 열렬히 기다려왔다. 그리고 여기 그 답이…… 부영사는 그 문제에 대해 오늘 저녁 다시 얘

기할 수 있을 거라고, 오늘 저녁 협회에서 같이 저녁 먹기를
원한다고 말한다. 샤를 로세트는 그럴 수 없다고, 이틀간 네
팔로 떠난다고 말한다. 부영사는 고개를 돌려 그를 바라본
다. 그가 거짓말을 하고 있다고 말한다. 샤를 로세트는 네팔
로 갈 것이라고 맹세하지 않을 수 없다, 그는 그렇게 한다.

　그들 사이에는 더 이상 아무 일도 일어나지 않는다. 긴 침
묵이 흐르고, 이 침묵은 샤를 로세트가 문손잡이에 손을 댈
때, 갠지스강에서 헤엄치는 미친 여자에 대한 불편한 몇 마
디로 중간에 끊긴다. 그녀는 궁금증을 일으킨다. 그녀를 보
았는가. 샤를 로세트는 묻는다.

　아니다.

　밤에 노래 부르는 이가 그녀라는 걸 그는 알고 있었는가?

　아니다.

　그녀가 거의 언제나 해역 안에, 좀더 멀리, 갠지스 강가에
있다는 것을, 그녀가 언제나, 본능적으로, 백인들이 있는 곳
으로 간다는 것을, 그러나 기묘하게도…… 결코 그들에게
다가가지 않는다는 것을……

　"진행 중인 삶 속의 죽음," 마침내 부영사가 말한다. "그러
나 결코 만나지지는 않는 죽음? 그것이오?"

　그것이다. 아마도, 그렇다.

그들은 논 사이를, 델타의 논 사이를, 어슴푸레한 빛 속에서, 곧게 뻗은 길 위로, 달린다.

  안-마리 스트레테르는 마이클 리처드의 어깨에 기대 잠들어 있다. 그는 그녀의 몸 주위로 팔을 미끄러뜨린다. 그는 그녀를 받쳐준다. 그의 손은 그녀의 손 위에 놓여 있다. 샤를 로세트는 그녀의 다른 쪽에 앉았다. 피터 모건과 조지 크론은 조지 크론의 검은 란치아에 타고 있다. 그들은 캘커타를 빠져나가는 곳에서 마주쳤다.

  수많은 경사지가 사방을 가로지르는, 광대하게 펼쳐진 늪지대. 경사지에는, 사방에, 일렬로 이어지는, 손에 아무것도 들지 않은 사람의 대열이 점점이 이어져 있다. 지평선은 마치 나무들이 있기 전이나 홍수 후처럼 곧게 뻗은 일직선이다. 때때로 다른 곳에서처럼 소나기에 잇따른 번개 속을 그들은 가로지르고, 푸른 종려나무의 대열이 수면 위로 일어선다. 사람들이 걷는다. 그들은 보퉁이를, 빈 통을, 혹은 아이들을 짊어졌거나 아무것도 들고 있지 않다. 안-마리 스트레테르는 입을 살짝 벌린 채 자고 있다. 그녀의 얇은 눈꺼풀이 때때로 열린다, 그녀는 샤를 로세트가 거기 있는 것을 보고 그에게 미소 짓고 또다시 잠든다. 이번에는 마이클 리처드가 샤를 로세트에게 미소 짓는다. 상호 이해가 이루어진다.

그녀는 막 깨어 일어난다. 그는 그녀의 손을 쥐고 오랫동안 입 맞춘다. 그녀는 샤를 로세트의 어깨에 머리를 기대고 말한다.

"괜찮아요?"

경사지 위의 수많은 사람, 그들은 무언가를 옮기고, 내려놓고, 빈손으로 다시 떠난다. 물이 말라 있는 논 주위의 사람들, 곧게 뻗은 구릉의 논들, 사방에 수천의 사람들, 사방에 수만의 사람들, 경사지 위에 알알이 박혀 그들은 걷는다. 끝도 없이 계속되는 행렬. 그들의 양옆으로 맨살의 연장, 두 팔이 매달려 있다.

피로.

그녀를 깨우지 않기 위해 그들은 말하지 않는다. 게다가 검은 물의 논 사이 수로로 지나가는 검은 돛배에 대해 그들은 서로 할 말이 없다. 이따금 간격을 두고, 거기에는 못자리가, 색칠한 비단같이 보드랍고 눈부신 초록의 공간이 있다. 때때로 사람들의 움직임은 경사지 위에서 겨우, 약간 더 빠를 뿐이다. 그들은 물의 나라에 있다. 물과 물 사이의 경계에 있는 만灣에서 이 물들은 벌써 초록빛 바다 거울과 뒤섞인다.

그들은 백인 클럽에서 만나기로 약속했다. 다른 사람들은 벌써 그곳에 가 있다. 한 시간 내에 그들은 도착하리라, 누군가가 말한다, 그들은 몹시 목이 마르다, 그들은 서두른다. 피터 모건이 라호르의 부영사 소식을 묻는다. 샤를 로세트는 아침에 그를 보았다고, 그에게 이틀간 네팔에 갈 것이라고 말했다고 한다. 이 거짓말에 대해 피터 모건은 아무 말도 하지 않는다. 다른 사람들도 그에 동조한 기색이다.

그들은 다시 떠난다. 샤를 로세트는 이번에 조지 크론의 차에 탔다. 피터 모건은 뒤에 앉는다. 그는 샤를 로세트에게, 델타의 경치를 볼 때 인도에 대한 자신의 열정이 생각보다 훨씬 크다는 것을 깨달았다고 말한다. 그 역시 잠이 든다.

그들은 소나기를 가로지른다. 그리고 여기 잠시 갠 사이, 반짝 빛나는 델타의 종려나무 숲이 나타난다. 여기도 방금 비가 왔다. 종려나무 숲 너머로는 여전히 평평한 수평선이다.

바다가 거칠다. 그들은 부두 근처 커다란 차고에 주차한다. 큰 배와 앞쪽이 출렁인다. 그들은 배에 오른다. 보랏빛 안개 벽이 섬들 쪽으로 이동한다. 이들 중 한 섬 위에 — 자, 보여요, 바로 저 섬이에요. 안-마리 스트레테르가 말한다 ─ , 보트들이 정박해 있는 부두의 맞은편에 거대한 흰 건물, 호텔 '프린스오브웨일스.' 섬은 크다. 반대편 끝에는 아주 낮은 곳에 마을이 하나 있고, 마을은 바다에까지 닿아 있다. 이 마을과 호텔 사이에는 큰 철책이 세워져 있어 그 둘을 분리하고 있다. 사방에, 바닷가에, 바닷속에 상어들을 막는 다른 철책들이 있다.

호텔의 해변에 도착하자마자 그들은 물에 몸을 담근다. 아무도 없는 늦은 시각이고 바다는 거칠다. 수영을 하는 것은 불가능하다. 단지 파도의 미지근한 물세례를 받는 일이 가능할 뿐이다. 수욕水浴이 끝난 후 안-마리 스트레테르는 관저로 돌아간다. 사람들은 '프린스오브웨일스'의 그들 방으로 올라간다. 옷을 갈아입고 나니 7시다. 그들은 호텔의 홀에서 다시 만난다. 그녀가 도착한다. 그녀는 미소를 머금고 있다. 그녀는 흰옷 차림이다. 그들은 벌써 그녀를 기다리고 있었다. 그들은 마시기 시작한다. 홀은 길이가 40미터가량에 아주 기다란 감청색 커튼이 유리문 위에 걸어져 있다. 홀의 깊숙한 곳에는 작은 무도장이 있다. 여기저기 일렬로 놓인 녹색의 화초로 바와 무도장이 분리되어 있다. 거기에는 특히 영국인 여행객들이 많다. 이 시간이면 사람들은 뷔페에서 마시기 시작한다. 잡화상들이 왔다 갔다 한다. 진열대에는 향수들. 흰색의 넓은 식당들은 바다를 향해 있다. 뷔페에는 포도송이들. 흰 장갑을 끼고, 맨발인 채로, 지나치게 많은 종업원이 돌아다닌다. 천장은 2층 높이에 이른다. 모조 금으로 장식된 움푹한 샹들리에서 금빛의 부드러운 불빛이, 나지막한 안락의자에 반쯤 누워 있는 안-마리 스트레테르의 맑은 눈 속에서 반짝 빛난다. 여기는 선선하다. 그윽한 사치스러움은 신뢰할 만하다. 그러나 이 저녁, 악천후로 인해 큰 유리문은 닫혀 있고 새로 온 사람들은 바다를 볼 수 없어 아쉬워한다.

호텔의 영국인 지배인이 지나간다. 그는 소나기가 저녁 식사 후에는 멈출 것이라고, 내일 바다는 잔잔할 것이라고 말한다.

샤를 로세트는 듣는다. 그들은 캘커타에는 없지만 이곳에 곧 도착할, 그들이 알게 될 사람들에 대해 이야기한다. 그들은 말하거나 침묵한다. 지루해하지도 애쓰지도 않고, 이러나저러나 무관하다. 전날 밤 일로 그들은 모두 피곤하다.

홀의 끝에서 사람들이 춤을 춘다. 실론에서 온 크루즈 여행객들이다.

그들은 겨울의 베네치아에 대해 이야기한다.

그들은 여전히 마시고, 다시 다음번 방문에 대해 이야기한다.

그리고 그녀는 바다를 보러 가고 싶어 한다.

그들은 바다를 보러 나간다. 바다는 여전히 거칠다. 그래도 바람은 조금 수그러졌다. 보랏빛 안개는 사방에 고르게

퍼져 있다, 종려나무 숲 위에 그리고 바다 위에. 함선의 고
동 소리가 세 번 울리고, 승객들에게 오늘의 여정은 10시에
끝난다고 예고한다. 섬은 해안으로 돌아갈 줄 모르는 새들
로 가득하다. 도착해서 그들은 종려나무와 망고나무를 갉아
먹어 야위게 하는 새들을 보았다.

　그들은 여전히 마신다. 그들은 늦게, 다른 사람들 후에 저
녁 먹기를 원한다. 피터 모건은 자신이 쓰고 있는 책에 대해
이야기한다.

　"그녀는 걸을 거야." 그는 말한다. "나는 특히 이 점을 강
조하려고 해. 그녀는 아주 긴 보행 그 자체야. 그녀의 보행
은 규칙적인 몸의 앞뒤 흔들림으로, 아주 활기찬 수백의 발
걸음으로 나뉘겠지. 그녀는 걸을 거야, 그녀와 함께 문장 또
한, 그녀는 철로를 따라 길을 따라 걸을 것이고, 만달레이,
프롬, 바세인 등의 이름이 적힌, 돌 쐐기 박힌 마을의 경계
를 뒤로하고 지나가겠지. 지는 해를 향해 돌면서, 이 빛 속
을 가로질러, 시암과 캄보디아 그리고 물과 산의 고장 버
마를 지나 10년 동안 걸을 거야. 그리고 캘커타에서 멈출
거야."

　안-마리 스트레테르는 침묵하고 있다.

　"그녀처럼 다른 사람들도?" 마이클 리처드가 묻는다. "만
약 책 속에 그녀뿐이라면, 그리 흥미롭지 않을 텐데…… 네
가 그녀에 대해 얘기할 때, 나는 소녀들 한가운데에 있는,

다른 소녀들 사이에 섞여 있는 그녀를 보게 돼. 나는 그녀들이 시암과 숲 사이에서 늙어가는 것을, 그리고 캘커타에 도착했을 때 다시금 젊어져 있는 그녀들을 봐. 이건 아마도 안-마리가 얘기한 걸 거야. 그런데 사반나케트에서 나는 네가 말한 것처럼, 경사지의 논 위 이 빛 속에 앉아 있는 그녀들을 보고 있어. 음란하게 몸을 풀어 헤친 그녀들은 낚시질하는 아이들이 건네주는 날생선을 먹지. 아이들은 무서워하고 그녀들은 웃어 젖히지. 반대로 좀더 후에, 인도 근처에서 그녀들은 아주 젊고 대담해. 그녀들은 시장이 있는 광장에 앉아 있어 — 너도 알지, 백인들이 몇몇 보이는 작은 장 말이야 —, 그녀들은 여전히 동일한 빛 속에 있어. 자신들의 갓난아기를 팔아." 그는 생각에 잠겼다가 다시 말을 잇는다. "그렇지만 너는 실제로 그녀에 대해서만 말하는 걸 택할 수도 있어."

안-마리 스트레테르는 자고 있는가?

"가장 나이 어린 여자애에 대해서?" 조지 크론이 묻는다. "아마도 어머니에게 쫓겨난 그녀에 대해?"

"가장 어린아이에 대해, 네가 말한 여자아이."

안-마리 스트레테르는 대화를 듣지 않는 듯하다.

"때때로 그녀는 섬으로 와." 마이클 리처드가 말한다. "마치 안-마리를 쫓아온 것처럼, 마치 백인들을 뒤쫓은 것처럼. 참으로 기묘한 일이야. 그녀는 마치 완벽하게 캘커타에 적응한 듯해. 내가 꿈꾸는 건지 모르겠는데, 때때로 나는 밤에 갠지스강에서 헤엄치고 있는 그녀를 본 것 같은 생각이 들어…… 그녀가 부르는 노래가 뭐지, 안-마리?"

안-마리 스트레테르는 잠들어 있다. 그녀는 대답할 수가 없다.

"그녀는 노래 부르고 말하기도 해. 그녀는 깊은 침묵 속에서 쓸데없는 말을 늘어놔. 아마도 이 말이 무엇인지 말해야 할 거야." 조지 크론이 말한다. "하찮은 것이 그녀를 즐겁게 해. 지나가는 개 한 마리가 그녀를 미소 짓게 한단 말이야. 밤에 그녀는 산책을 해. 나 같으면, 만약 내가 그에 대해 말한다면, 나는 그녀로 하여금 모든 일을 거꾸로 하게끔 할 것 같아. 그녀는 나무 그늘에서, 갠지스 강가 여기저기에서 낮에는 잠을 잘 거야. 그녀가…… 결정적으로…… 길을 잃은 곳은, 갠지스강에서였을 거야. 그녀가 X 혹은 Y의 딸이라는 것을 더 이상 알지 못하고, 그녀에게 더 이상 골칫거리가 없어지는 것은," 조지 크론은 웃는다. "원칙적으로 우리는 그걸 위해 여기 있지. 결코, 절대 조금의 골칫거리도 없도록……"

그녀는 자고 있다.

"그녀는 네가 말한 것들을 곧장 행동으로 옮기고 있어. 나는 그녀를 뒤쫓았지." 피터 모건이 말한다. "그녀는 나무 밑으로 가 무언가를 깨물어 먹고, 땅바닥을 긁고, 웃어 젖히곤

해. 그녀는 힌디어라고는 한마디도 배우지 않았어."

피터 모건은 자고 있는 안-마리 스트레테르를 바라본다.

"그녀는 자연 그 자체처럼 더럽지. 믿지 못할 정도야……
모든 것으로 이루어진, 오래 묵은 그녀의 때, 그녀의 살갗에
스며들어 — 피부를 만든 그녀 몸의 때, 아 나는 바로 그 층
위를 포기하지 않을 거야. 나는 이 때를 분석하고 싶어. 이
때가 무엇으로 이루어져 있는지를 말하고 싶어. 땀과 진흙,
네가 여는 대사관 만찬회의 기름기 있는 간으로 된 샌드위
치의 찌꺼기, 너희를 구역질 나게 하는 기름기 낀 간, 먼지,
역청, 망고, 생선 비늘, 피, 이 모든 것……으로 이루어졌다
는 것을."

왜 자고 있는 이 여인에게 말을 하는가?

"쓸데없는 말과 깊은 침묵." 마이클 리처드가 말한다.

"그녀는 마치…… 긴 직선 끝의 한 점처럼, 실상 별다른
의미 없는 사건들 끝의 한 점처럼 캘커타에 있게 된 것일까?
거기에는…… 잠과 굶주림, 감정의 소멸, 인과관계의 소멸
만이 있었던 것일까?"

"내 생각에 그가 말하고자 하는 것은," 마이클 리처드가
말한다. "그건 그 이상이야. 그는 그녀가 사는 것을 바라보
는 사람에게만 존재한다는 것을 말하고 싶은 거야. 그녀 자
신은 아무것도 느끼지 않아."

"캘커타에서 뭐가 남았어?" 조지 크론이 묻는다.

"웃음…… 마치 표백된 것 같은…… 그녀가 말하는 한마디, 바탐방, 그 노래, 나머지는 다 증발해버렸어."

"과거 속의 그녀를 어떻게 찾지? 그녀의 광기를 어떻게 다시 모으지? 일반적인 광기에서 그녀의 광기를, 웃음에서 그녀의 웃음을, 바탐방이라는 단어에서…… 그녀의 바탐방을 구별하는 것은?"

"그녀의 죽은 애들, 필경 그녀는 다른 아이들을 출산했을 테니까, 다른 죽은 아이들과는 어떻게 구별하지?"

"그녀의 교류, 그러니까 사람들이 그렇게 부르는 일, 사람들이 원하면 그녀가 내주는 것 말이야. 결국 사람들은 그것을 다른 주고받기와 구별하지 않고 있어. 그럼에도 이 교류는 일어났어."

"아마도 그녀는 다른 사람들이 할 줄 모르는 무언가를 해야 할 거야. 그렇게 생각하지 않아? 그래야 그녀의 여정이 특별해질 수 있을 거야. 네가 매달릴 한 가지 일, 그것이 비록 아주 사소한 것이라도 말이지."

안-마리 스트레테르는 깊이 잠든 것처럼 보인다.

"나는 그녀가 광기에 이르기 전에 끝낼 거야. 그건 확실해. 그렇지만 나는 이 광기를 알 필요가 있어." 피터 모건이 말한다.

"책 속에는 그녀만 등장합니까?" 샤를 로세트가 묻는다.

"아니요, 또 다른 여인이 등장해요. 안-마리 스트레테르일 겁니다."

그들은 그녀 쪽을 돌아본다.

"오, 내가 잠이 들었군요." 그녀는 말한다.

주위에서 사람들이 폭풍이 완전히 멎었다고 말한다. 그들은 즐겁다.

그들은 저녁 식사를 한다. 음식은 뛰어나다. 마이클 리처드는 말한다. 사람들이 일단 '프린스오브웨일스'를 알고 난 다음에는, 다음에 세상 어디로 가건, 이 안락을 아쉬워한다고.

종려나무 사이로 사람들은 하늘을 본다. 달은 여전히 눈 덮인 히말라야 뒤에 있다. 밤 11시다. '프린스오브웨일스'의 홀에는 카드놀이 하는 사람들이 있다. 사람들은 해안을 보고 있지 않다. 호텔의 전면은 먼바다를 향해 있어 해안은 보이지 않는다. 그러나 사람들은 가장 가까이에 있는 섬들을, 하늘을 마주한 거대한 섬의 군집을, 부두를 따라 일렬로 켜진 불빛들을 바라본다. 아주 가벼운 남쪽 바람이 보랏빛 안개를 흩뜨리기 시작한다. 다시 캘커타의 열기와 같아졌다. 이곳의 대기는 짭짤하고 쓴 증기다. 차이가 있다면 굴과 해초의 냄새다. '프린스오브웨일스'는 바다를 향해 크게 입을 벌리고 있다.

마이클 리처드와 샤를 로세트는 종려나무 숲을 가로지르는 거리를 걷고 있다. 안-마리 스트레테르는 저녁 식사가 끝난 후 처소로 돌아갔고, 피터 모건과 조지 크론은 보트를 빌려 바다로 나갔다. 마이클 리처드와 샤를 로세트는 안-마리 스트레테르에게 간다. 다른 사람들은 산책 후 그들과 합류할 것이다.

종려나무들 사이에, 망고나무 위에서 포로가 된 새들이 지저귀고 있다. 새들이 하도 많아 가지들은 그들의 무게로 휘어져 있다. 망고나무들은 살과 깃털의 나무가 되었다.

종려나무 숲속을 여러 쌍이 산책하고 있다. 그들은 가로 등 불빛에 나타났다가 사라지고, 높이 달려 있는 불빛 아래 다시 모습을 드러낸다. 여인들은 걸으면서 흰 종이를 입힌 커다란 부채로 부채질을 하고 있다. 그들은 영어로 말한다. 거리의 양쪽에는 불 밝혀진 별장들이, 호텔의 별채들이 있다고 마이클 리처드는 설명한다. 모든 종려나무 숲은 바다에 속한 섬들을 향해 있다. 맞은편에는 아마도 별장들이, 호텔에 딸린 해수욕장이 있는 듯하다.

아주 멀리서, 그들은 음악을 듣는다. 그녀는 캘커타에서처럼 여기서도, 아마도 매일 저녁, 연주를 한다. 샤를 로세트는 곧 조지 크론이 전날 밤 그녀에게 청한 슈베르트의 곡임을 알아차린다. 그는 흰 섬광 속에서 본다. 안-마리 X……, 여리고 홀쭉한 열일곱 살 소녀, 베네치아의 음악학교 졸업 연주회에서 그녀는 조지 크론이 좋아하는 슈베르트의 작품을 연주한다. 그녀는 서구 음악계의 총아다. 박수갈채가 터진다. 요란하게 치장한 청중이 베네치아가 사랑하는 소녀를 축하한다. 사람들은 생각한다. 그 누가 그녀가 인도에 있으리라고 생각이나 했을까?

"안-마리를 알기 전에," 마이클 리처드는 말한다. "나는 그녀가 저녁에 캘커타에서 피아노 치는 것을 거리에서 듣곤 했지요. 많은 호기심을 불러일으켰어요. 나는 그녀가 누구인지 몰랐죠, 나는 캘커타에 여행 왔습니다. 기억나요, 나는 조금도 견뎌내지 못했죠…… 당장 떠나려고 했어요…… 나를 이곳에 남아 있게 한 것은, 캘커타에 남을 수 있었던 것은…… 그녀, 그리고 내가 듣던 이 음악이었어요…… 나는 몇 날 저녁을 계속해 그것을 들었습니다. 빅토리아가街 위에 서서요. 그러다 어느 저녁 정원으로 들어갔어요. 보초들이 나를 지나가게 내버려 두더군요. 모든 문이 열려 있었어요. 나는 우리가 어제저녁 머무른 그 방으로 들어갔습니다. 내가 떨던 것이 기억나요……" 그는 웃는다. "그녀가 뒤돌아보았고, 나를 보았죠. 그녀는 놀랐지만, 두려워했다고는 생각지 않아요. 자, 이렇게 그녀를 알게 됐어요."

샤를 로세트는 단 세 문장으로 그가 영원히 영국을 떠났다는 것, 그가 조지 크론과 함께 인도에서, 그에게 시간 여유를 주는 해상보험사업을 하고 있다는 것 — 피터 모건 또한 이 일을 하고 있다 — 을 전해 듣는다. 음악이 가까워진다.

마이클 리처드는 철책을 열고, 그들은 정원을 가로지른다. 현관에 불이 밝혀져 있고, 왼쪽의 열린 창문으로 보이는 흰 벽, 음악은 그곳에서 흘러나온다. 그들은 거대한 유칼립투스 나무의 산책로 앞에 멈춰 선다. 거기에도 새들이 잠들어 있다. 바닷소리는 등 뒤에서 들려온다. 거기에는 아마도 해변이 있을 것이다. 산책로와 바다는 연결되어 선을 이루고 거기, 산책로의 저 끝에서 둔중한 충격음 후에 고요가 잇따른다.

"우리가 피아노를 치고 있는 그녀를 방해하는 게 아닐까요?" 샤를 로세트가 묻는다.

"나로서도 알 길이 없죠. 그러나 그렇다고 생각지 않아요…… 그다지."

기둥이 있는 베란다가 현관에서 시작돼 별장을 두르고 있다.

"나는 안-마리 스트레테르가 여기서 열리는 여름 만찬회를 없애버렸다는 말을 들었어요."

"맞아요." 마이클 리처드가 말한다, 그는 미소 짓는다. "지금은 우리 영지지요. 여기서 그녀는 단지 친구들하고만 있습니다." 그는 웃는다.

창문의 불빛은 팔각의 무도장에서 이리로 옮겨져 온 화초들을 밝히고 있다. 문 옆의 연못에 창문이 비친다. 피아노 연주가 멎는다. 연못의 수면 위로 한 형체가 지나간다.

그녀가 거기 어둠 속에 있다.

"안녕하세요. 산책로로 당신들이 오는 소리를 들었어요."

그녀는 검은색 면 실내복을 입고 있다. 그녀는 미소 짓는다. 호텔 앞에서 그들의 친구의 보트가 지나가는 소리를 막 들었다고 말한다.

아마도 그녀의 방이리라. 거기에는 약간의 가구가 있을 뿐이다. 피아노 위에는 무질서하게 악보가 한 더미 얹혀 있다. 구리로 된 침대는 흰 침대보로 덮여 있다. 모기장은 내려져 있지 않아 침대 위에서 눈덩이처럼 보인다. 레몬그라스 냄새, 하얀 냄새가 방 안에 퍼져 있다.

"이 냄새를 견딜 수만 있다면, 이것이 모기를 쫓는 제일 좋은 방법이에요."

마이클 리처드가 앉아서 악보를 뒤적인다. 그는 2년 전 그녀가 연주하던, 그러나 더 이상 연주하지 않는 무언가를 찾는다. 그녀는 계속해 샤를 로세트에게 설명한다. 나는 가구를 들어내라고 했어요. 여기가 침실이에요. 우리 별장의 가구는 모두 30년 된 것들이죠. 모든 것이 제자리에 있어요. 나는 가구들이 없는 걸 더 선호해요.

그녀의 태도는 평소와는 다르다. 사람들은 생각한다. 캘커타에 도착한 다음 날이었다면, 그녀는 이런 식으로 맞았으리라.

마이클 리처드는 여전히 2년 전 그녀가 연주하던, 그토록 자주 연주하던 악보를 찾고 있다. 그녀는 그것이 뭔지 기억하지 못한다.

"별장을 보여드릴게요."

그녀는 샤를 로세트에 앞서 큰방으로 들어간다. 가구 위에는 덮개가 씌워져 있다. 여전히 모조 콘솔 테이블, 모조 샹들리에, 음각, 모조 금장식들이다. 그녀는 불을 끄고 다시 떠난다.

　"오늘 아침 당신은 눈물을 흘렸어요." 샤를 로세트가 말한다.

　그녀는 어깨를 으쓱한다. 오! 그건 아무것도 아니에요…… 그녀는 그를 당구대가 있는 방으로 이끈다. 여기는 아무것도 볼 게 없어요, 아무것도. 그녀는 보여주고 불을 끄고 다시 떠난다. 방을 나서면서 그는 그녀를 붙잡는다. 그녀는 저항하지 않는다. 그는 그녀에게 입 맞춘다. 그들은 포옹한 채 그렇게, 있다, 바로 이 입맞춤 안으로 ─ 그것은 그가 예상했던 일이 아니었다 ─ 부조화의 고통, 막연하게 예감되었으나 이미 시효가 지난 새로운 관계의 뜨거운 상처가 들어온다. 혹은 그가 다른 여인을 통해, 다른 시간 속에서 그녀를 이미 사랑했던 것 같은, 그러한 사랑의 상처…… 어떤 사랑?

　"우리는 서로를 모릅니다. 무엇이든 말해주세요……"

　"나도 이유를…… 몰라요……"

　"부탁해요……"

　그녀는 아무 말도 하지 않는다. 아마도 그녀는 듣지 못했는지도 모른다. 그들은 방으로 되돌아온다. 그녀는 마이클 리처드를 부른다. 그는 돌아온다. 그는 한 바퀴 돌아보러 나갔었다. 그는 콧노래를 부른다. 그는 그들의 부재가 길어졌음을 알아차렸을까? 그는 해변 위에 새들이 죽어 있다고 말한다.

그녀가 밖으로 나간다. 그녀는 말한다. 얼음 좀 가져올게요. 이건 벌써 녹았어요. 계절풍 동안에는 어찌나 빠르게 녹는지……

그들은 현관과 이어진 복도에서 그녀가 말을 맺는 것을 듣는다. 그러고 나서 아무 소리도 듣지 못한다. 방은 정적에 잠겨 있다. 레몬그라스 냄새, 하얀 냄새가 다시 표면에 떠오른다. 마이클 리처드는 슈베르트의 한 악절을 콧노래로 부른다. 그녀는 돌아온다. 손에 얼음이 들려 있다. 그녀의 손이 얼얼해지고, 그녀는 웃으며 그것을 얼음통에 던져 넣고는 위스키를 따른다.

"훗날 당신은 이 열기를 기억할 거예요." 그녀는 샤를 로세트에게 말한다. "이것이 인도에서의 젊은 시절 당신의 열기일 거예요. 그걸 그렇게 받아들이세요. 당신이 후에 기억할 어떤 것으로 말이죠. 그때 당신은 이 열기가 얼마나 변하는지 보게 될 거예요……"

그녀는 앉아 다른 섬들에 대해 얘기한다. 다른 섬들은 모두 이 섬보다 더 원시적이다. 그녀는 섬들의 이름을 말한다. 숲에 덮인 충적기의 섬들이고 기후는 건강에 아주 해롭다.

마이클 리처드는 그것들 중 몇몇 섬을 알고 있다. 샤를 로세트는 그녀가 하는 말의 맥락을 놓쳤다. 그는 이야기를 듣지 않은 채 목소리만 듣기 시작한다. 이렇게 하면 그 목소리에 이탈리아 억양이 있음을 발견한다. 그는 그녀를 오랫동안 주시한다. 그녀는 그것을 알아차리고 놀라 침묵한다. 그러나 그는 그녀가 해체될 때까지 그녀를 바라본다. 그녀가 떠나온 그리고 고통의 존재를 배운 그녀가 돌아가야 할 베네치아, 그 베네치아의 한가운데 놓인 그녀 시신의 두 눈, 그 구멍 뚫린 동공으로 침묵하고 앉아 있는 그녀를 볼 때까지.

이렇게 그녀를 바라보고 있는 바로 그때, 샤를 로세트에게 부영사에 대한 격렬한 기억이 다시 떠오르며 그녀의 영상을 지운다. 부영사에 대한 과장된 생각이 마치 벼락처럼 덮친다. 위선적인 목소리, 열기 띤 두 눈, 끔찍한 고백. 나는 그녀에게 연정을 품고 있어요…… 어리석은 일이죠……

샤를 로세트는 일어선다. 그는 거의 소리 지르다시피, 오늘 아침 그가 추하고도 이해할 수 없는 일을 저질렀다고, 그것이 지금 갑자기 생각이 났다고 말한다. 그는 이야기한다. 그는 새벽에 부영사가 말한 고백과 애원을 있는 그대로 전한다. 그는 부영사가 말한 것, 모든 것을 듣고 난 후 부영사에게 당신이 한 말을 믿지 않습니다,라고 말한 것까지 반복한다.

"지금," 그는 말한다. "내게는 그의 웃음에도 불구하고, 그것이 진실인 것처럼 느껴집니다…… 그가, 그 자신에게 힘겨웠겠지만 솔직하고자 노력했던 것 같아요…… 나는 내가 왜 그리 심하게 말했는지 조금도 알 수가 없어요…… 끔찍해요……."

그녀는 약간 권태롭게 그의 얘기를 들었다.

"왜냐하면 당신이, 당신이 섬에 오기 때문이에요." 마이클 리처드가 말했다.

그녀는 더 이상 라호르의 프랑스 부영사에 대해 얘기하지 말라고 부탁한다. 그러나 샤를 로세트를 멈추게 할 수 없다.

"그를 다시 볼 예정인가요?" 샤를 로세트가 묻는다. "원하신다면 나중에라도 말이에요. 부디 그를 만나보세요. 내가 그에게 유리하게 중재하겠다고 약속했기 때문이 아닙니다. 그러나 당신에게 부탁합니다."

"아니요."

마이클 리처드는 분명히 개입하고 싶지 않다.

"사람들은 그를 원하지 않습니다, 아무도." 샤를 로세트가 말한다. "그것은 지옥 같은 외로움이에요…… 내 생각에는, 당신만이, 그의 존재가 야기하는…… 난처함에 화를 내지 않을 단 한 사람입니다. 그런데 난 이해가 안 돼요."

"보세요." 그녀가 말한다. "당신은 오해하고 있어요. 그는 내가 필요하지 않아요. 비록 그가 그렇게 말한다 해도, 어제저녁의 그의 고함도…… 그건 그가 많이 마셨기 때문이에요."

"가령 그를 하나의 관념이라고 생각해보세요." 샤를 로세
트는 간청한다. "그 이상은 아닐 겁니다. 당신에게 다가올
그리고 잠시 당신을 성가시게 할 약간 고통스러운 관념……
당신, 당신이라면 그것을 받아들일 수 있습니다……"

"아니요, 나는 그럴 수 없어요."

"네 생각에는, 왜 그가 너를 보고 싶어 하는 것 같아?" 마
침내 마이클 리처드가 묻는다.

"오! 아마도 내 속에 선량한 무엇이, 일종의 너그러움이
있다고 그가 결론지은 모양이지……"

"오…… 안-마리………"

마이클 리처드가 일어선다. 그는 눈을 내리깔고 그를 기
다리고 있는 그녀에게 간다. 그는 팔을 둘러 그녀를 껴안는
다. 그녀를 놓아주고 그녀에게서 물러난다.

"들어봐." 그는 말한다. "당신도 들어보세요. 라호르의 부
영사, 우리는 그를 잊어버려야 한다고 확신해요. 잊어야 하
는 이유에 대해서는 할 말이 없습니다. 우리 기억에서 그를
몰아내는 일 외에 할 일이라고는 아무것도 없어요. 그렇지
않고서는……" 그는 주먹을 움켜쥔다. "……우리는 큰……
위기에 빠지게 될 겁니다…… 적어도……"

"어떤 위기인지 얘기하세요."

"더 이상 안-마리 스트레테르를 몰라보는 위기."

"여기서, 누군가가 거짓말을 하고 있어요." 샤를 로세트가 말한다.

샤를 로세트는 '프린스오브웨일스'로, 이어 캘커타로 되돌아갈 것이고, 자신이 이들을 보는 것은 이번이 마지막이리라고 생각한다. 그는 방을 돌고는 말 한마디 없이 다시 앉는다. 그녀는 그에게 위스키를 건네주고 그는 그것을 단숨에 삼켜버린다.

"용서하시오." 마이클 리처드가 말한다. "그러나 당신이 하도 강요하기에……"

"누군가 막 거짓말했습니다." 샤를 로세트는 다시 시작한다.

"그에 대해 더 이상 생각하지 마세요." 안-마리 스트레테르가 말한다. "그를 너무 탓하지도 마세요."

"그것은 라호르 때문이 아닙니까?"

"아니, 그것 때문이 아니에요."

"다른 것 때문에?"

"뭐 말이지요?" 마이클 리처드가 묻는다.

"이해하지 못하겠어요." 그녀가 말한다. "모르겠어요."

마이클 리처드가 와서 침대 위에 앉았다. 그녀는 그에게 가까이 간다. 그녀는 담배를 피우면서 그의 머리칼을 어루만진다. 그녀는 그의 어깨에 머리를 기댄다.

"그는 그가 처한 대로 살아가야 해요." 안-마리 스트레테르가 말한다. "우리는 우리대로 계속해야 하고요."

그는 떠나려 한다, 그녀가 붙잡는다.

"더 이상 그에 대해 생각하지 말아요. 그는 아주 빠른 시일 내에 캘커타를 떠날 거예요. 남편이 그에 필요한 일을 할 거예요."

샤를 로세트는 돌연히 뒤돌아선다. 명백한 무언가가 그를 사로잡는다.

"아, 맞아요, 불가능해요. 절대 불가능한 일입니다." 샤를 로세트는 말한다. "그가…… 살아 있음을…… 의식하는 일은…… 어떤 방법으로든…… 어찌 라호르의 부영사를 좋아할 수 있겠어요?"

"그것 보세요." 그녀는 말한다. "만약 내가 억지로라도 그를 만난다면, 마이클 리처드는 나를 용서하지 않을 거예요. 게다가 그 누구도요…… 나는 이렇게 여기, 당신과 함께…… 내 시간을 흘려보내는 그런 여자일 뿐이에요…… 아시겠어요."

"여기에 있는 전부야, 안-마리." 웃으면서 마이클 리처드가 말한다. "그 외에는 아무것도 없어."

"무엇 때문이지요?" 샤를 로세트가 다시 시작한다.

"우리 영혼의 평온 때문에요." 그녀가 말한다.

커다란 선풍기가 습기 찬 공기와 레몬그라스 냄새를 흩뜨린다. 사람들은 거기에 남아 있다. 밤은 다시금 질식할 듯하다. 그녀는 그들에게 마실 것을 준다. 그녀 역시 방 안을 서성거린다. 바닷소리는 조금 전부터 점점 커져가고, 그녀는 조지 크론과 피터 모건 때문에 불안해한다. 그들이 나가보려 할 때 사람들은 배 소리를 듣는다. 배는 세 번 경적을 울린다. 바다는 소나기가 그칠 때까지 거칠 것이다. 마이클 리처드가 설명한다. 그들은 호텔 앞에서 내릴 테니 그들을 기다릴 필요는 없다. 샤를 로세트는 피터 모건의 소설이 그들이 보기에 성공할 것이지 묻는다.

"당신은 아주 젊어요, 그렇죠?" 그녀가 묻는다.

사람들은 거기 머물러 있다, 그녀 곁, 아주 가까이에. 침묵이 흐른다. 샤를 로세트가 이런 침묵을 맞는 것은 처음이 아니다. 벌써 전날 밤에도, 저녁 식사가 끝날 무렵에도. 그것은 출발 직전이어서도, 서로 할 말이 없어서도 아니다. 그녀는 정원으로 갔다. 샤를 로세트는 일어선다. 그녀를 다시 보기를 원한다. 다시 자리에 앉는다. 그녀는 돌아온다. 그녀는 가장 빠른 세기로 선풍기를 조정한다. 오늘 밤은 어쩜 이리 덥담! 그녀는 말한다. 그리고 극심하게 숨 가빠 하며 두 눈을 감고 두 팔을 늘어뜨린 채 방 한가운데 서 있다. 그들은 그녀를 바라본다. 검은 실내복 속 그녀는 수척하다. 그녀는 눈꺼풀을 힘주어 감는다. 그녀의 아름다움은 사라졌다. 어떤 견딜 수 없는 평안함 속에 그녀는 머물러 있는가?

그리고 여기 샤를 로세트, 그 스스로도 기다리고 있었는지 몰랐던 일이 일어난다. 확실한가? 그렇다. 눈물이다. 눈물은 그녀의 두 눈에서 솟아 나와 뺨을 타고 흘러내린다. 아주 작고 빛나는, 눈물방울들. 마이클 리처드는 조용히 일어난다. 그녀에게서 고개를 돌린다.

끝났다. 눈물은 이제 말랐다. 그녀는 약간, 창문을 향해 돌아섰다. 샤를 로세트는 그녀의 얼굴을 볼 수 없다. 그는 그녀를 보려고 애쓰지 않는다. 마치 취기가 오르는 듯 한 여인의, 울고 있는 한 여인의 냄새가 퍼지는 듯하다. 사람들은 거기 남아 있다. 사람들은 그녀 곁에서 기다린다. 어딘가로 떠나 있는, 그러나 다시 돌아올 그녀를.

마이클 리처드는 돌아서서 부드럽게 그녀를 부른다.

"안-마리."

그녀는 흠칫 놀란다.

"아, 내가 잠이 들었나 봐."

그녀는 덧붙인다.

"거기들 있었군요……"

마이클 리처드의 얼굴에 고통의 빛이 감돈다.

"이리 와." 그는 말한다.

그녀는 정말 부재했던 것처럼 그에게 간다. 그리고 그의 팔에 안긴다. 아, 거기들 있었군요. 사람들이 순식간에 멀리 베네치아에서 들려오는 것 같은 그녀의 목소리를 듣는다. 아주 멀리서 그녀는 한 거리를 걷고 있다. 보이지는 않고 다만 목소리만 들린다. 그녀는 누군가를 만난다. 그들 아닌 다른 누구, 미지의 사람이다. 당신 여기 있군요, 우연이라니, 놀랍기도 해라! 당신이군요, 내가 꿈을 꾸는 게 아닌지, 당신, 내가 겨우 알 뿐인 당신. 그녀는 이 아침 매우 불쾌감을 주는 찬 바람 위에 무슨 말을 덧붙이지만, 여기 이 섬까지 닿지 않아 샤를 로세트는 듣지 못한다. 그녀의 목소리를 듣는 미지의 사람은 부영사의 창백한 얼굴을 하고 있다. 샤를 로세트는 이 미친 영상을 몰아낸다.

"선 채로 자는 거예요?"

그녀가 웃는다. 마이클 리처드는 그녀를 어루만진다. 그녀는 그의 무릎 위에, 다리를 일으켜 세운 채 앉아 있다.

"오! 거의, 말하자면……"

"당신 목소리를 들었어요. 이상하게도 마치 베네치아의 한 거리에서였던 것처럼."

마이클 리처드는 그녀의 온몸을 끌어안는다. 저렇게 어린애다운 흐트러진 자세로 그의 무릎 위에 앉아 있는 그녀는 얼마나 젊어 보이는가. 그는 힘껏 그녀에게 입 맞추고는 그녀를 풀어놓는다. 그녀는 창문 쪽으로 가 창문을 열고 바라본다. 이어 침대로 가 쉰다.

마이클 리처드는 일어선다. 침대 쪽 그녀에게로 아주 가까이 간다. 길게 누운 그녀의 몸은 평소의 굴곡을 잃은 것처럼 보인다. 그녀는 밋밋하고 가벼우며, 죽은 사람의 단순한 곧은 선을 지니고 있다. 그녀는 두 눈을 감고 있으나 자고 있지는 않다. 그 반대다. 얼굴 자체도 다르게, 변형돼 있다. 쪼그라진 얼굴은, 늙었다. 그녀는 갑자기, 저 다른 여인이 그랬을 법한, 추한 그런 여인이 되어 있다. 그녀는 눈을 뜨고 마이클 리처드를 바라보며 그를 부른다. 아, 마이클……

그는 대답하지 않는다. 이번에는 샤를 로세트가 일어서서 마이클 리처드 옆으로 간다. 그들은 그녀를 바라본다. 엷은 눈꺼풀이 가볍게 떨린다. 눈물은 흐르지 않는다.

저기 정원 끝에는 여전히 바닷소리와 소나기 오는 소리가 들려온다. 그녀는 열린 창문으로 소나기를 바라본다. 여전히 몸을 길게 누인 채, 그들의 시선을 받으면서. 샤를 로세트는 부르려다가 만다. 누구를? 아마도 그녀를. 이 욕망은 대체 무엇일까?

그는 그녀를 부른다.

당신에게 말할 만한 이유도 없이 나는 울어요. 마치 고통이 나를 가로지르는 것과도 같죠, 누군가가 울어야 해요. 마치 그 누군가가 나인 것처럼.

그녀는 그들이 거기 있다는 것을, 아마도 아주 가까이에 캘커타의 남자들이 있다는 것을 알고 있다. 그녀는 조금도 움직이지 않는다. 만일 그녀가 눈물을 흘렸다면…… 아니다…… 그녀는 다시 울기에는 너무 오래된 고통에 지금 갇혀 있는 것 같은 느낌을 준다.

아마도 샤를 로세트가 그녀 쪽으로 손을 내밀고, 그녀가 이 손을 꼭 움켜쥐며 얼굴 쪽으로 가져가고, 이 손은 그녀의 눈을 가렸던 것 같다.

눈꺼풀의 떨림이 멎었다. 그들이 떠났을 때 그녀는 자고 있었다.

바다는 옻칠한 듯 초록빛으로 빛난다. 섬들이 아주 잘 보인다. 그러나 정원에는 여전히 유칼립투스 나무 그늘이 드리워져 있고, 햇살은 산책로의 끝에 머물러 있다. 새들이 지저귀며 해안 쪽으로 떠나고, 하늘은 부산하게 움직인다.

그들이 정원을 가로지를 때, 돌연 노랫소리가 들린다. 저 멀리 섬의 다른 쪽 해안에서 들려오는 듯하다. 그렇다, 섬은 좁고 길다. 마이클 리처드는 목소리를 알아본다.

"사반나케트의 그 여자예요." 그는 말한다. "정말 그 여자가 안-마리를 뒤쫓나 봐요."

실제로 그 여자는 이 섬에 도착했다. 그녀는 여름 계절풍 동안 거의 매주, 첫번째 식량 배급편 배를 타고 바다를 건넌다. 승객이 없는 한구석에, 뱃삯을 물지 않은 채. 그녀는 오늘 막 도착했다. 그녀는 이 섬을 혼동하지 않는다. 미친 코끼리들도 바나나 나무숲 길을 찾아낸다. 가로 200미터에 달하는 거대한 직사각형의 건물 정면, 전기 불빛에 드러난 흰 더미. 먹을 것.

그들은 정원을 빠져나간다. 건물 안 문이 뒤에서 열린다. 안-마리 스트레테르가 나온다. 그녀는 철책 뒤의 그들을 보지 못한다. 그녀는 조용히 바다 쪽으로 간다.

"노랫소리가 그녀를 깨웠나 봐요." 마이클 리처드가 말한다.

바다에는 해안을 따라 철책을 받치고 있는, 시멘트로 된 큰 말뚝들이 보인다.

그녀는 해변까지 가지 않고 산책로에 길게 눕는다. 손바닥에 머리를 받치고, 땅에 팔꿈치를 기댄 채, 독서하는 여인의 자세로 조약돌을 주워 멀리 던진다. 그리고 조약돌 던지는 일을 멈춘다. 그녀는 팔을 펴고 이 뻗은 팔 위에 얼굴을 묻는다. 그녀는 거기에 머물러 있다.

마이클 리처드는 해안으로 해서 호텔로 돌아가기를 원한다. 샤를 로세트는 종려나무 숲을 가로지르기를 더 원한다.

"언제 잡니까?"

"낮 동안에요." 마이클 리처드가 말한다, 그는 우울하게 미소 짓는다. "우리는 모든 것을 시도해봤어요. 밤에 자는 것까지 포함해서요. 그러나 우리는 대낮을 선호해요."

그들은 헤어진다.

그들은 저녁에 다시 만날 것이다.

내일 캘커타에서도 그들은 다시 만날 것이다.

황량한 거리에 가로등이 꺼진다. 그녀는 지금 델타의 상어들을 막기 위해 세워진 큰 철책 뒤에서 헤엄치고 있을 것이다. 초록빛 물속의 우윳빛 그림자. 샤를 로세트는 바라본다. 별장에도 정원에도 사람이라곤 없다. 그녀는 헤엄치고 물 위에 머무른다. 파도마다 물속에 잠긴다. 아마도 잠이 든 채 혹은 바닷속에서 울고 있는 채로.

돌아가 그녀를 다시 볼까? 아니다. 인격을 박탈하는 것은 눈물일까?

샤를 로세트는 동시에 그녀도 욕망도 박탈당한 상태에 놓인다.

피로, 그는 그것이 조금 후 날이 밝아오면 순식간에 사라져버리리라는 것을 알고 있다. 그러나 당장 피로는 퍼지고 사람들은 자동 인간처럼 가볍게 걷는다. 사람들은 섬 안을 걷는다.

그는 대로를 빠져나가려고 애쓴다. 옆으로 난 길로 접어든다. 걸인들을 막기 위해 세워진 철책에 이르고, 돌아와 여전히 찾는다. 마침내 이 철책 안에서 문을 발견하고 나간다. 그가 막 공포를 느꼈음을, 그의 가장 큰 안전을 위해 제공된 섬의 이 구역을 벗어날 수 없을 것 같은, 터무니없는 공포를 느꼈음을 알아차린다.

다른 쪽 해안이다. 해는 아직 수평선에 솟아오르지 않았다. 아직 몇 분 더 있어야 한다. 그는 아직 인도에서의 이 시각을 모르고 있다.

여기 바다는 두 개의 긴 반도 사이에 갇혀 있다. 나무라고는 없다. 거기에는 몇몇 방갈로가 있다. 파도는 약하다. 이것은 석호다. 그것을 따라 길이 하나 나 있다. 해안은 진흙투성이고, 바다는 조금씩 해안을 핥는다. 초록 바다, 아주 아름답다. 샤를 로세트는 호텔로 가는 방향으로 접어든다. 그는 안-마리 스트레테르에게서 멀어진다.

안-마리 스트레테르의 공허.

그녀는 바다에서 나와, 밤이고 낮이고 선풍기가 돌고 있는 캘커타 여왕의 관저, 열린 채 비어 있는 별장으로 향하고 있으리라.

그는 멈춘다. 먼저 떠오르는 것은 안-마리 스트레테르의 눈물이다.

선풍기 밑에 똑바로 선 안-마리 스트레테르의 영상이 — 그녀의 눈물의 하늘에서,라고 부영사는 말한다 — , 그리고 돌연 다른 영상이 되살아난다. 그는 그것을 해냈기를 바랐다. 무엇을? 그는 아, 얼마나 그의 손을 들어 올렸기를 바랐던가…… 손이 들리고, 다시 떨어져 얼굴을, 입술을 처음에는 부드럽게 그리고 점점 더 난폭하게, 점점 더 강하게 애무한다, 추악한, 혹독한 웃음 속에 이빨이 드러나고, 얼굴은 최대한 손이 미치는 거리에 놓여, 완전히 그에게 맡겨져 있다. 그녀는 하도록 내버려 둔다. 그는 치면서 소리 지른다. 그녀가 결코 다시는 울어서는 안 된다고, 결코, 다시는, 절대로. 그녀는 기억을 잃기 시작하는 듯하다. 아무도 더 이상 울지 않아요, 그녀는 말한다. 더 이상 아무것도 이해할 게 없어요, 손은 때린다. 매번 좀더 규칙적으로, 그것도 일정한 속도로, 일종의 기계적인 정확함으로, 곧 완벽에 다다른다. 안-마리 스트레테르는 돌연 어두우면서도 윤기 있는 아름다움을 지닌다. 그녀의 하늘이 파열되는 것을 받아들인다. 그녀의 머리 움직임은 놀랍다. 그녀의 목 주위에서 마음대로 움직인다. 기름이 칠해진, 비할 바 없는 기계장치, 샤를 로세트의 손에서 그녀의 머리는 신체 기관이자 도구가 된다.

마이클 리처드가 그들을 바라보고 있었다.

화염의 붉은 빛으로 태양은 바다에서 솟아오른다. 굉장한 눈부심이다. 눈이 불탄다. 샤를 로세트는 석호를 따라 다시 멈춰 서 있다. 태양이 사라진다.

그는 다시 떠난다.

이 시간에 사람들은 극심한 무더위로 힘겨워하지 않으면서 조금 걷는 일이 마침내 가능하다고 생각한다. 그러나 그렇지 않다. 아, 바람이 인다면, 비록 더운 바람일지라도, 때때로 대기가 움직여주기라도 한다면……

부영사는 이 밤에 자살했을까?

빨리 '프린스오브웨일스'로, 저녁까지 겉창을 닫고, 빨리 잠든다. 그의 젊음, 그것을 눕히고, 마침내 그것을 잠에 맡겨버린다.

사람들은 생각한다. 대체 그는 누구를 닮았을까, 라호르의 부영사는?

피로가 다시 몰려온다. 그는 힘겹게 앞으로 나아간다. 더운 바람이 갠지스강의 메소포타미아 위에 불기 시작한다, 작은 바람. 나는 아직 취해 있어, 샤를 로세트는 생각한다.

그는 대답을 듣는다. 나를 닮았어요, 안-마리 스트레테르가 말한다.


석호를 따라 나 있는 길 위, 뒤에서 들려오는 급한 발걸음, 맨발의 뜀박질. 그는 뒤돌아선다. 공포를 느낀다.

저게 무엇일까?

무엇에 대해 두려워하는가?

누군가가 그를 부른다. 누군가가 온다. 제법 크고 아주 가는 형체다. 그녀가 거기에 있다. 한 여자다. 더러운 비구니처럼 머리숱이 없다. 그녀는 팔을 뒤흔든다. 그녀는 웃어 젖힌다. 그녀는 그의 몇 미터 뒤에 멈추어 선 채 계속해 그를 부른다.

그녀는 미쳤다. 그녀의 웃음이 그걸 말해준다.

그녀는 포구를 가리키고 한 단어를 반복한다. 늘 동일한,

"바탐방."

같은.

그녀는 피터 모건을 열광시키는 여자, 아마도 사반나케트에서 온 그 여자다.

그는 주머니 속 잔돈을 집는다. 그녀에게 가서 멈추어 선다. 그녀는 물에서 나왔을 것이다. 그녀는 젖어 있다. 그녀의 무릎에는 시꺼먼 개흙이 묻어 있는데 해구海口 쪽을 향해 있는, 섬의 이쪽 석호에 있는 제방의 것이다. 바다가 휩쓸

어가지 않는 갠지스의 개흙. 손에 동전을 든 채, 그러나 그
는 가까이 다가가지 않는다. 그녀는 한마디를 반복한다. 그
것은 바탐방처럼 들린다. 얼굴의 피부는 가죽처럼 검고, 두
눈은 햇볕에 그을린 주름진 둔덕 깊숙이 자리 잡고 있다. 두
개골은 마치 모자를 쓴 듯 갈색 때로 덮여 있다. 젖은 옷 위
로 바짝 마른 몸이 드러난다. 끝도 없는 웃음은 소름 끼치게
한다.

　그녀는 옷 속에서, 젖가슴 사이에서 찾는다. 그녀는 무언
가를 꺼내 그에게 내민다. 날생선 한 마리. 그는 움직이지
않는다. 그녀는 다시 생선을 집어 보여주고, 생선 대가리를
와삭 깨물며 더 크게 웃는다. 목이 잘린 생선은 그녀의 손안
에서 파닥거린다. 그녀는 겁주고 구역질 나게 하는 것을 즐
기는 듯하다. 그녀는 그가 있는 쪽으로 다가온다. 샤를 로세
트는 뒷걸음질 친다. 그녀는 다시 그쪽으로 오고, 그는 다시
뒷걸음질 친다. 그러나 그녀는 그보다 더 빨리 다가온다. 샤
를 로세트는 동전을 땅바닥에 던지고 뒤돌아서, 길 쪽으로
뛰어 도망친다.

　그를 뒤쫓는 발걸음은 규칙적인, 짐승의 발걸음이다. 그
녀는 동전을 줍지 않았다. 그녀는 빨리 뛴다. 그는 그녀보다
더 빨리 달린다. 길은 곧바르고 길다. 길은 여전히 석호를
따라 나 있다. 자, 여기 빨리, '프린스오브웨일스,' 그녀에게
금지된 철책들, 종려나무 숲으로.

그녀는 멈추었는가? 샤를 로세트도 멈추고 뒤돌아본다. 그렇다.

땀이, 땀의 원천인 몸뚱이에서 철철 넘쳐흐른다. 계절풍의 이 무더위는 미치게 한다. 생각들은 더 이상 모이지 않고, 그것들은 타오르며 서로 반발한다. 공포, 단지 공포만 지배한다.

그녀는 그에게서 100미터가량 떨어져 있다. 그녀는 그를 뒤쫓기를 포기했다.

다시금, 생각들.

샤를 로세트는 무슨 일이 일어났는지 모른다. 섬과 이런 일에 맞닥뜨리는 섬의 빈 길들을 떠나자고 생각한다.

광기, 나는 그것을 참지 못해, 나는 그것을 감당할 수 없어, 못 해…… 미친 사람들의 시선을 참을 수 없다…… 다 좋다, 그러나 광기만은……

그녀는 바다 쪽을 바라보고 있다. 그녀는 잊어버렸다. 이 두려움은 뭘까? 지금 샤를 로세트는 미소 짓고 있다. 피로 때문이야, 그는 생각한다.

하늘은 낮게, 겨울 새벽 같은 황색 섞인 회색으로 드러난다. 누군가가 노래 부른다. 조금 전과 같은 노래. 입안에 날 생선을 가득 문 채, 그녀는 노래 부른다. 조금 전, 이 노래가 안-마리 스트레테르를 깨웠다. 그리고 그녀는 지금도 여전히 길게 누워 길에서 들려오는 이 노래를 듣고 있을 것이다.

그리고 여기 가까운 어느 날 밤의 최초의 기억이 있다. 나아가고, 찾고, 걸인 여자의 노래 위에 내려앉는 대가 긴 한 송이 꽃의 기억.

그는 왔던 길을 되돌아간다. 그녀는 그에게 등을 돌리고 있다. 석호 쪽으로 곧바로 가, 그 속에 매우 조심스럽게, 이어 온몸을 담근다. 단지 머리만 보일 듯 말 듯 수면에 나와 있다. 그리고 아주 정확히 한 마리 물소처럼, 환각을 일으킬 만큼 느린 속도로 그녀는 헤엄치기 시작한다. 그는 이해한다. 그녀는 사냥을 한다.

낮이 으스러진다. 해는 섬 위에 있고, 사방에 태양 빛이 가득하다. 잠든 소녀의 밝게 비추어진 몸 위에, 그리고 그들 위에도, 그늘진 방 안에 곱게 보존된 채, 여기저기에 누워 자고 있는 그들 위에도.

이 저녁 협회에서, 부영사는 협회장에게 말한다.

"프리줴니크 백화점의 친구와는 서로 마음속 비밀을 털어놓지 않았어요. 회장, 내가 이 얘기를 했던가요?"

"당신을 고발한 사람 말인가요?"

"바로 그렇소. 프리줴니크 백화점의 감독관한테 레코드판을 훔친 것은 그가 아니라 나였다고 고발한 자 말이오. 후에 그는 이렇게 썼습니다. '대체 너는 내가 어떻게 하기를 바랐니? 우리 아버지라면 벌써 나를 죽였을 거야. 그리고 사실 우리는 진짜 친구도 아니었어. 우리는 서로 마음속 비밀을 털어놓지도 않았지.' 나는 찾아보았죠. 아직도 내가 그에게 어떤 얘기를 털어놓을 수 있었을까를 찾아보곤 해요."

"부영사, 도둑맞은 레코드판, 그건 나였습니다."

"정말 혼란스럽네요, 회장."

"지나갑시다, 부영사. 계속하시오. 내가 좋아하는 것은 라프리트 신부네서의 일요일 얘기예요." 협회장이 말한다.

"나는 선호하는 게 없어요." 부영사는 말한다. "그러나 라프리트 신부의 거처가 아마도 가장 끌리는 것은 사실이오."

"나는 라프리트 신부가 나였다고 생각했는데요, 부영사."

"아니요. 일요일, 라프리트 신부네서의 일요일은 흘러가 버리고 차 마실 시간이 다가오지요. 한 시간밖에는 남아 있지 않아요. 내 어머니는 손목시계를 쳐다봅니다. 나는 딱 한마디만 말합니다. 무엇이겠소?"

"당신이 아라스에 있는 데 만족한다는 것."

"그렇소, 회장. 때는 2월, 밤이 파드칼레에 내려앉습니다. 나는 과자도, 초콜릿도 원하지 않습니다. 나는 그녀가 나를 거기 내버려 두는 것을 원해요."

"당신의 학교 성적은요, 부영사?"

"뛰어났죠, 회장. 그럼에도 불구하고 퇴학당했어요."

"헝가리 의사는요?"

"나는 그에게 호감을 가지고 있어요, 그는 500프랑짜리 지폐를 줍니다. 나는 열다섯 살 안팎이었죠. 당신은요?"

"마찬가지요."

"일요일에," 부영사는 계속한다. "많은 부모가 길고 긴 일요일에 기숙사에 있는 애들을 데리고 나갑니다. 그들은 지나치게 큰 외투, 감색 모자, 늘 나들이옷을 입고 있는 그들의 어머니를 바라보는 태도에서 서로를 알아보지요."

"정말 혼란스럽군요, 부영사. 일요일에 당신은 뇌이에 가지요."

"맞아요."

"부영사, 우리 취했군요. 당신의 아버지는 어디 있어요?"

"그가 원하는 곳에, 회장."

"어머니는?"

"내가 아라스에 있는 동안 어머니는 아름다워졌어요. 헝가리 애인이 잠시 우리를 같이 있게 내버려 둡니다. 그는 추위에 떨며 길거리를 서성거립니다. 그는 추위에 꽁꽁 얼었습니다. 그리고 나는 다시 상투적인 말을 시작합니다. 제발부탁해, 나를 아라스에 내버려 뒤. 그녀의 애인이 다시 돌아옵니다, 꽁꽁 언 채로. 어머니가 말합니다. 이거 원 애들을 애지중지하나 심하게 다루나, 이러니 애들은 다 마찬가지아냐? 그는 결국 다 똑같다고, 애들은 자신들이 이해하고 싶은 것만 이해한다고 말합니다. 나는 다시 들어가버리지요."

"어디로?"

"아무 데나요. 끝에 가서 이 무슨 지겨운 수다요!"

"바로 그래요."

"그런데 부영사, 왜 당신이 기숙사에 머무르고 싶어 했는지에 대해서는 한 번도 얘기하지 않았어요."

그는 협회장이 던진 질문에 대답하지 않는다. 협회장은 몸을 구부리고 감히 용기를 낸다. 아마도 부영사가 캘커타에서 보내는 마지막 날일 것이므로.

"그리고 몽포르 후에는요, 자 한마디만 해주시죠."

"아무것도, 다 운명이라고 어머니는 말합니다. 나는 부엌에서 달걀 반숙을 준비하면서, 아마도 생각에 잠깁니다, 더 이상은 모르겠소. 어머니는 떠납니다, 회장. 피아노 옆에서, 파란 옷을 입고 그녀는 말합니다. 나는 내 인생을 다시 시작하려고 해. 너랑 같이 있으면 대체 뭐가 되겠니? 음반 상인은 죽습니다. 그녀는 브레스트에 남지요. 그녀는 죽습니다. 내게는 말셰르브에 살고 있는 숙모가 남아 있소. 그 점에 대해서는 확신해요."

"그렇지만 라호르에 대해서, 자 한마디만요, 부영사."

"라호르에서? 나는 내가 뭘 하고 있는지 이미 알고 있소, 회장."

"사람들이 무언가 이해할 수 있도록 좀 말해보세요, 부영사."

"말셰르브의 숙모는 나를 위해 여자를 하나 찾고 있었습니다. 내가 이 얘기를 했던가요?" 협회장은 아니라고 말한다. "그녀는 나를 위해 여자를 하나 찾고 있었어요."

"당신은 숙모가 그렇게 하도록 내버려 두었나요?"

"그렇소. 그녀는 나를 위해, 추하지 않은, 오히려 저녁 실내복 차림조차 아름다울 한 여자를 찾습니다. 그녀의 이름이 무엇일지는 정확히 모르겠소. 그러나 니콜, 니콜 쿠르쇨이 아마 적당한 이름일 거요. 첫해에 출산이 있을 거요, 정상적인 분만. 아시겠소, 회장?"

"알겠어요, 부영사."

"출산 후 침대에서 그녀는 독서를 해요. 불그스름한 뺨을 가진, 책 읽는 장밋빛의 여인, 프루스트를 읽는 여인. 그녀의 얼굴에는 두려움이 깃들어 있소. 그녀가 나를 바라볼 때 그녀는 두려움을 느낄 거요. 뇌이의 작은 거위처럼, 그녀는 창백하지요."

"당신은 그녀를 사랑하오?"

"섬에 대해 얘기 좀 해주시오, 회장."

협회장은 다시 '프린스오브웨일스'의 홀이 커다란 상선의 갑판을 닮았다고, 빛을 여과하는 커다란 커튼으로 인해 늘 그늘져 있다고 얘기한다. 타일 바닥은 시원하다. 거기에는 부두가 하나 있어서 사람들은 배를 빌려 다른 섬으로 갈 수 있다. 지금처럼 날씨가 사나우면, 여름 계절풍의 시작이다. 섬은 새들로 가득 찬다. 망고나무 위에 앉아 있는 새들은 섬에 갇혀 있다.

"그런데 당신의 배속지는?" 협회장이 묻는다.

"내 생각에는, 요 며칠 내로 무슨 소식이 있을 것 같소." 부영사가 말한다.

"어디일지 짐작 가는 바가 있습니까?"

"내 생각에, 그건 아무래도 봄베이가 될 것 같소. 나는 오만 바닷가의 긴 의자 위에서 끝도 없이 사진 찍힐 나를 거기서 봅니다."

"그 밖에는 아무것도, 내게 얘기할 다른 건 없습니까?"
"없어요. 아무것도, 회장."

옮긴이의 말
# 외침, 파괴 그리고 눈물의 서사

마르그리트 뒤라스가 우리에게 겨우 알려지던 때 『부영
사』를 만났고, 단번에 번역에 대한 욕망이 일었던 것을 기
억한다. 번역은 늘 개인적 작업의 앞이 잘 안 보일 때 우리
말 밖에서, 그러나 여전히 언어 안에 남아 있는 출구였기에
프랑스어는 자주 이 역할을 감당했다. 그러나 그 반대의 경
우는 드물었고, 결국 『부영사』는 내가 우리말로 번역한 단
하나의 문학작품이 되었다. 이 작품의 번역을 꽤 오랜 시간
이 지나 다시 살펴볼 기회가 생겨 신기하고 재출간의 기회
를 주신 '문학과지성사'에 감사하다.

뒤라스의 작품 세계가 지닌 예외적·변방적 특성에도 불
구하고 그의 명성은 이제 세계적이 되었다. 다중적 해석을
허락하는 작품 세계와 점점 희박해지는 언어는 오독도 마다
하지 않는 다양한 독자층을 만들어냈다. 명성과 이해가 정
비례하지는 않는다. 그래도 그사이 뒤라스에 대해 말하기가
수월해져 다행스럽다. 뒤라스의 대표작은 물론, 작가에 대
한 전기도 여러 권 우리말로 번역되었다. 뒤라스의 개인적·

작가적 여정은 녹록지 않았다. 논쟁과 물의와 변호와 주장, 비판과 배반과 옹호로 점철된 곤고한 길이었다.

그의 삶은 프랑스 및 유럽의 지난한 역사와 맞물려 뒤라스를 이례적인 작가로 만들었다. 아무나 식민 치하의 아시아 변방에서 태어나 가난한 백인 교사의 딸로 자라지 않으며, 일생 가슴의 못이 될 유년의 사랑이었던 오빠의 죽음을 겪지 않으며, 이후 제2차 세계대전 중 남편이 유대인 수용소로 끌려가 극적으로 살아 돌아오는 경험을 하지 않는다. 그는 알코올 의존증으로 여러 번 병원에 실려 가 사망의 고통을 미리 맛보았다. 무게 있는 문학상으로는 거의 만년에 『연인』으로 수상한 공쿠르 상이 유일할 정도로 뒤라스의 문학적 행보는 모험적·급진적이었다. 고통과 외로움은 있었으되 뒤라스가 주력했던 문학, 연극, 영화 어느 장르건, 그녀의 사적인 삶이 그러했듯이 전통이나 상식, 관습으로부터 자유로웠다.

『부영사』는 이런 모든 존재적 고통이 문학적으로 승화되어 뒤라스만이 쓸 수 있는 고유한 작품이 되었다. 아마도 그가 쓴 최고의 작품이라는 것이 나의 개인적 평가다. 한 작가의 글쓰기 인생을 통틀어 창틀의 역할을 잘 감당한 작품이 있다면 뒤라스에게는 그것이 『부영사』다. 작가의 내면과 외면, 과거의 작품과 미래의 작품, 개인성과 역사성, 사적 영역과 그에 대한 정치적 해석…… 한쪽에서 다른 쪽으로 넘어갈 수 있는, 다른 쪽에서 건너편을 들여다보아야 이쪽이 보이는 투명한, 그러나 통과해야만 양쪽이 다 보이는 창틀이『부영사』다.


### 1.『부영사』와 인도차이나

뒤라스가 태어나 유년과 성장기를 보낸 인도차이나가 배경이 되는 일련의 작품을 '인도차이나 사이클'을 구성하는 작품군으로 부른다. 물론 인도차이나에 배경을 둔『태평양을 막는 방파제』같은 초기의 심리주의적 작품이나『연인』같은 자전적 작품이 없는 것은 아니지만, 이 작품군은 뒤라스의 작품 세계가 뒤라스적 독창성을 표현하기 시작하는 1960년대,『롤 V. 슈타인의 황홀』(1964) 이후『사랑』(1971)에 이르는 약 10년간의 작품들을 포함한다. 이 기간에 쓰인 작품 중 서사 전체가 인도차이나에 기대고 있는 것은『부영사』뿐이다. 베트남어를 능숙하게 구사하는 작가임에도 인도차이나는 그가 자주 다시 찾는 정상적인 노스탤지어의 장소가 아니다.

『부영사』를 근간으로 여러 작품이 마치 자매 작품처럼 발표된다. 극작품으로 쓴『인디아 송』(1973)의 모체는『부영사』다. 이어『인디아 송』은 작가에 의해 연극 및 영화화되

었다. 영화 「캘커타 사막의 베니스라는 그의 이름」(1976)
은 『인디아 송』의 작가가 "목소리의 필름"이라고 부른 「인
디아 송」의 사운드트랙을 거의 그대로 사용하며, 배경이 된
불로뉴 소재 '로스차일드 팰리스'의 동일한 공간을 황폐화
해서 사용했다. 소설 『사랑』, 그것을 영화화한 「갠지스강
의 여인」에서도 독자는 『부영사』의 몇몇 인물을 다시 발견
한다.

프랑스 식민지하의 1930년대 인도차이나가 배경이 되고
있지만, 『부영사』는 사실주의적 시간과 공간을 제시하고 있
지 않다. 작품의 무대인 인도차이나는 실제의 행정, 역사와
는 상이한, 작가 자신이 본 하나의 소설적 지역이다. 걸인
소녀가 고향을 떠나 거치는 수많은 마을의 이름은 존재하기
도 하지만 현실의 지리적 사실성을 뛰어넘는다. 그건 고통
의 대명사다. 작가는 이 작품의 무대에 대해 말한다.

"무대가 인도인 것은 우연이 아니다. 부조리의 세계적인
온상, 부조리의 발화 지점, 허기와 비논리적인 기근의 몰상
식한 대밀집 지역, 바로 그것이다."*

도시를 둘러싸고 있는 걸인과 문둥병자들, 그들의 냄새와
신음으로 『부영사』의 무대인 캘커타 대사관저의 아침이 시

* Duras, Marguerite & Xavière Gauthier, *Les Parleuses*, Éditions de Minuit,
1974, p.177.

작된다.


  2.『부영사』의 세 세계, 3악장의 불협화음


  작품에는 광활한 평원의 배고픈 길 위를 걷는 소녀와, 보
호 철책에 갇힌 프랑스 대사관저 주변의 풍요하고 화려해
보이는 백인들의 삶이 있다. 어린 나이에 애를 밴 소녀는 집
에서 쫓겨났다. 그녀의 가장 큰 기능은 '길을 잃기 위해' 걷
는 것이다. 기아를 이기고 아이를 백인에게 팔고, 마침내 기
억도 길도 잃고 음식 쓰레기가 풍성한 대사관 철책에 도착
한다. 고향 마을 '바탐방' 단 한 단어만 외침 같은 음악으로
남는다. 그녀는 마침내 걸인, 문둥병자들의 무리에서 구분
되지 않는 익명의 '그녀'가 된다.
  그 무리에서 단절되어 보호 철책 안에 갇힌 백인 사회에
는 유예된 생을 감당하는, 무수한 소문을 나르며 정보와 서
술의 일부분을 전달하는 익명의 "그들on"로 구성된 또 다른
무리가 있다. 이들은 문둥병을 두려워하며 원주민 무리와의
어떤 접촉도 시도하지 않는다. 때로는 글로, 때로는 전해 들
은 말과 상상으로, 이들을 이해해보기 위해 글을 쓰려 한다.
걸인 소녀의 얘기는 부분적으로 이렇게 쓰였을 것이다. 혹
은 산책 중에 호기심으로, 두려움으로 철책 앞까지 가는 백

인들이 없는 것은 아니나, 그들은 혼비백산해 도망쳐 되돌아온다. 이들의 관심은 추상적이고 접촉이 없다.

상호 침투가 불가능한 두 세계에 감히 침투와 소통을 이루고자 시도하는 또 다른 세계에 속한 인물들이 있다. 작품은 이들 중 두 인물에 집중한다. 라호르의 샬리마르 정원에 무리 지어 있는 문둥병자에게 총질을 해 캘커타로 불려와 다음 임지를 기다리는 부영사 장-마르크 드 아슈. 익명의 백인 무리가 철책 밖의 세계만큼이나 도외시하며 곁눈질과 뒷담화로 접촉을 피하는 인물이다. 걸인 소녀의 이야기와 병행하여 부영사에 대한 정보와 소문이 흘러나온다. 일찍이 아버지를 여의고 어머니의 재혼으로 버림받은 불행한 유년, 학교에서 일으킨 폭력적 소동과 사건, 황량하게 비어 있는 파리 사저의 빈 메아리처럼 단 한 명의 친척에게서 오는 안부 편지. 그리고 그의 기이한 동정童貞…… 파리의 빈 집, 그곳 피아노 보면대에 놓여 있는 「인디애나 송」을 부영사는 산책 중 홍얼거린다.

끝으로 인도차이나 사이클을 구성하는 작품들에 반복적으로 등장하며, 이 작품군의 핵심을 이루는 중년 여인 안-마리 스트레테르. 대사관저의 남은 음식물을 철책 밖 걸인들을 위해 내놓으라고 지시하는 대사 부인이자 두 딸의 엄마이며, 무수한 연인과 친구를 둔 신비한 여인. 몇 가지 그녀에 대한 소문이 돈다. 베네치아의 피아니스트 총아, 소문으로만 알려진 구애자의 자살, 그녀를 따라 인도차이나에 정착한 연인, 친구들, 그들이 모일 때면 요청되는 이 배타적 서클을 묶어주는 슈베르트의 피아노 소나타.

철책 밖의 걸인 소녀, 철책 안의 부영사와 대사 부인 안-마리 스트레테르, 이들 세 인물의 이야기는 무질서하게, 때로는 서로 뒤섞여 전개된다. 이들 셋을 연결 짓는 표면적 유사성은 거의 없다. 서사적 얼개가 이 셋을 묶는다. 이 무질서에 질서를 부여하고, 상이한 세 인물 사이에 근본적인 유사성을 추출해내는 것이 독자가 할 일이다. 의도적인 모호성과 혼란이 독자의 주의, 참여를 요구한다. 작품의 언어, 구조가 만들어내는 혼란을 불협화음이라 부를 수 있다면, 이들 세 인물은 각기 하나의 악장을 이룬다. 그것은 걸인 소녀의 자기 상실로 가는 보행이 만들어내는 단조로운 행진곡, 곧 파괴적 행동을 예고할 듯한 광시곡에 가까운 장-마르크 드 아슈의 고함과 꽤 감미로울 것 같은 '인디애나 송,' 그리고 안-마리 스트레테르Stretter의 이름에 이미 내포되어 있는 둔주곡strette.

작가는 각 인물에게 곡을 부여한다. 철책 안 깊숙이 파고들어오는 걸인 소녀의 외침 "바탐방," 부영사의 "인디애나 송," 안-마리 스트레테르의 슈베르트가 이 독서 내내 번갈아 돌림노래처럼 독자들의 귀에 울린다.

## 3. 고통이라는 우주, 상실과 파괴와 눈물의 이야기

교집합이 없는 것 같은 이 작품의 세 주인공은, 사실 뒤라스의 작품 세계에서 익숙하게 접한 주제들과 작가가 일생 동안 추구한 일련의 세계관을 여러 각도에서 드러내고 있다. 한 작품이 모든 것을 말할 수는 없다. 세 인물을 묶기도 구분 짓기도 하는 특징들을, 『부영사』에서는 인물과 사건이 드러나는 현상에 초점을 맞추어 상실과 파괴, 눈물로 지칭해볼 수 있다. 뒤라스의 작품과 연관되어 언급되는 여러 주제인 욕망, 광기, 사랑…… 등은 이 현상들 속에 녹아 있다.

많은 소설적 인물이 그렇듯이, 『부영사』 이전의 작품들에 나타나는 뒤라스의 인물들은 존재의 고통을 일깨우는 사건들을 통해 새로운 인식에 눈을 뜨며 존재적 변화를 겪는다. 그러나 『부영사』의 세 주인공은 모두 나름의 고통스러운 과거를 지니며, 삶의 모든 것을 재로 만드는 그 고통이라는 화재 현장에서 빠져나온 사람들이다. 그리고 그들은 인도차이나라는 작품의 배경이자, 그 배경으로 상징되는 존재적·세계적 고통과 마주친다. 그렇게 작가는 이 소설이 정치적 소설이자 존재적 가치관의 소설로 읽히기를 요청한다. 뒤라스에게 정치적 관점은 존재적 가치관에서 배태된 하나의 가변적인, 일상적 현실임을 강조할 필요는 없을 것이다.

상실은 세 인물에 내재한 공통의 존재 상태다. 결과적으로 있어야 할 것의 부재가 상실이다. 걸인 소녀는 어머니와 고향으로부터 버림받았고 어머니가 되어 아기를 버렸다. 애초에 이름을 부여받지 않은 그녀는 평원을 헤매는 한 걸인 소녀였다가, 익명이자 다수의 걸인 속에서 자기 자신을 잃었다. 그녀는 마침내 고향과 부모에게로 돌아가는 길을 잃었고 자신의 모든 정체성을 상실했다.

"그녀가…… 결정적으로…… 길을 잃은 곳은, 갠지스강에서였을 거야. 그녀가 X 혹은 Y의 딸이라는 것을 더 이상 알지 못하고……"(209쪽)

부영사인 장-마르크 드 아슈에게도 남아 있는 것이 없다. 그의 유년 역시 근원과의 결별로 특징지어진다. 아버지의 사망과 어머니의 재혼으로 유년에 버림받은 그에게 남은 것은, 유대라고는 남아 있지 않은 파리의 빈집과 친척 한 명뿐이다. 그는 늦은 나이에도 여자 경험이 없으며, 사람들은 "그가 고아라고 확신"(151쪽)한다고 말한다. 모든 사람이 궁금해하는 다음 임지에 대해서도 그리 애착하지 않는 듯하다. 그는 라호르로 부임해 와 그곳 샬리마르 정원의 어두운 그림자 같은 존재들을 향해 총을 쏜다. 그는 혼자다.

안-마리 스트레테르는 어린 시절 베네치아에서 미래가 촉망되는 피아니스트였다. 그러나 그녀는 베네치아에서 멀리 떠나 남편인 대사를 따라 아시아의 나라들을 떠돈다. 그녀를 따라, 아마도 S. 탈라 카지노 무도장에서 그녀에게 끌려, 18세의 약혼녀를 버리고 인도차이나로 와 사업을 하고 있는 『롤 V. 슈타인의 황홀』에 등장하는 바로 그 마이클 리처드(슨), 혹은 피터 모건 같은 연인이자 친구인 여러 남자가 있다. 그러나 그녀는 자주 사람들에게 둘러싸여 부재한 듯 서 있거나 유배자의 눈물을 떨군다. 대사 부인이자 두 딸의 엄마로 기능하지만, 그녀는 자신을 둘러싼 주변 무리에 무관심한 양가적인 존재다. 샤를 로세트는 그녀가 베네치아의 한가운데 놓여 죽어 있는 것을, 혹은 마이클 리처드와 삶에 대한 무관심으로 찬데르나고르의 어두운 호텔방에서 죽어 있는 것을 상상한다.

세 인물은 제각기, 그러나 철책을 넘어 타자에게 향한다. 걸인 소녀는 백인 사회의 심장에까지 들려오는 외침으로, 부영사는 총질로, 안-마리 스트레테르는 남은 음식물을 철책 밖으로 내놓는 행위로 혹은 백인 사회로부터 스스로를 소외시키는 것이다. 작품은 이 세 인물을 어느 지점에서 부분적으로 근접시킴으로써 혼란을 야기한다.

이 중 부영사의 파괴 행위는 가장 서사적이다. 백인 사회의 관점에서 철책 밖의 세상과 소통하는 부영사의 방식이야말로 그들을 가장 불편하게 하는 것으로, 부영사의 존재의 한 특성을 구성한다. 장-마르크 드 아슈의 불행한 유년 중 그가 "즐거운 행복"이라고 부른 기숙학교에서의 파괴의 경험이 있다. 작품 어디에서도 왜 그가 샬리마르 정원에 대고,

또 거울 속 자기 자신을 향해 한밤중에 총을 쏘아댔는지 분명히 말하지 않는다. 독자들은 뒤라스의 작품 제목인 『파괴하라, 그녀는 말한다』(1969) 혹은 영화 「화물차」(1977)의 나이 든 여인이 한 말, "세상은 스스로 상실을 향해 가야 해!"라는 대사를 연상하지 않을 수 없다. 부영사의 파괴적 행위는 파괴되지 않고는 수리될 수 없는 어떤 것, 인도차이나로 대변되는 고통의 깊이, 그렇지 않고서는 무너지지 않는 견고한 백인 사회의 부조리를 대상으로 하고 있다고 생각하게 된다. 부영사는 "말라바르 해안을 휩쓸고 있는 기아보다도 훨씬 더" 생소한 존재가 되는 것이다. 문둥병자 사이에 섞여 먹고 자도 그들처럼 감염되지 않는 걸인 소녀나 늦은 나이까지 동정을 지니며 문둥병을 두려워하지 않아 백인 사회에 섞이기 어려운 부영사는 둘 다, 나름의 방식으로 부패에서 보존되어 있다는 기이한 접점이 감지된다.

안-마리와 부영사 두 사람은 어떤가. 그녀만이 부영사의 파괴 행위의 의미를 이해하는 듯이 보인다. 부영사가 겪는 수리 '불가능'한 고통 앞에서의 감각을, 그녀는 이미 앞서 겪은 것처럼 보인다. 그녀의 파괴는 부영사의 그것에 못지않아, 사람들은 가까운 과거에 있었던 안-마리의 자살 기도에 대해 얘기한다. 작품의 말미에서 "대체 그는 누구를 닮았을까, 라호르의 부영사는?"이란 사람들의 질문에, 안-마리가 "나를 닮았어요"라고 답한다(234~235쪽). 그녀의 파괴는 내

면적이다. 그녀가 눈물에 갇혀 있는 이유, 그녀의 하늘이 눈
물인 이유다. 그것은 문둥병을 두려워하지 않는 부영사의
인도차이나에 대한 반응만큼이나 백인 사회의 사람들에게
는 생소한 것이다. 그녀에게는 사람들이 상상하는 연인들과
의 멜로적 사건이 일어날 여지가 다 소진되어버렸다. 백인
에게 파는 걸인 소녀의 아이처럼(59쪽), 혹은 「사랑」의 여
행자가 안-마리 스트레테르를 연상시키는 해변의 여인에게
얘기했듯이 그녀는 "그녀를 원하는 사람의 것"*이다.


4. 비어 있음le vide으로 향하는 글쓰기, 비인격화의 사랑


『부영사』에서부터 뒤라스 글쓰기의 후기적 특성들이 도
드라지기 시작한다. 글쓰기의 변모와 함께, 어떤 곳을 지향
해가는 작가의 세계관은 그러한 글쓰기로밖에는 표현될 수
없는 것처럼, 뒤라스 후기 작품의 중요한 본질인 '사랑'의 주
제가 구체적으로 형상화된다. 『롤 V. 슈타인의 황홀』『부영
사』『사랑』세 작품을 보면, 점차적으로 비어가는 혹은 정
화되어가는 뒤라스의 언어를 시각적으로 볼 수 있다. 말없
음표, 침묵, 짧은 문장, 띄엄띄엄 이어지는 느린 리듬의 행

* Duras, Marguerite, *L'amour*, Éditions Gallimard, 1971, p.50.

들이 작품을 구성한다. 『롤 V. 슈타인의 황홀』에서는 아직 구체적인 사건이 이어지는 서사가 있다. 그 이야기 단위는 『부영사』와 연관된 인도차이나 사이클의 여러 작품에서 변주되어 등장한다. 『부영사』에서부터 서사는 파편화되기 시작한다. 뒤이은 『사랑』은 아마도 뒤라스의 소설 중 가장 해체된 글쓰기 형태를 취하는데 쉼과 침묵, 서사적 연결이 없는 몇 가지 기억의 변주와 반복이 작품을 채운다. 작품 속 그 누구에게 배당되어도 상관없는 동일한 문장들이 끊기거나 조각나 반복된다. 『부영사』에서 자주 그랬듯, 질문이 던져지지만 대답되지 않는다. 이러한 글쓰기 양상은 한두 예외를 제외하고는 이후 뒤라스 글쓰기의 특성이 된다.

『모데라토 칸타빌레』 『여름밤 열 시 반』의 극한적이며 사건적인 사랑은 앞의 세 작품의 공통분모인 '황홀'의 개념으로 진화한다. 인도차이나 사이클의 작품에 분산되고 변형되어 등장하는 이야기의 원형은 『롤 V. 슈타인의 황홀』에서 시작한다. 그것은 다음과 같이 요약할 수 있다.

18세의 롤 V. 슈타인은 약혼자 마이클 리처드슨이 S. 탈라 해변의 무도장에 한밤중 나타난 안-마리 스트레테르에게 홀린 듯 다가가 사라진 후, 그 자리에서 혼절한다. 10년 후 롤은 그 황홀의 본질을 '보려고' 찾아 나선다.

이전의 작품에서 사랑이 존재의 변화를 야기하거나 여성 인물들이 새로운 정체성을 획득하는 사건이었다면, 앞의 세 작품에서 사랑은 점차 하나의 '상태'가 된다. 프랑스어가 잘 표현하듯 황홀le ravissement은 한 존재가 자신을 비우고 다른 존재로 채워지는, 유괴되는ravi 경험이다. 뒤라스는『롤 V. 슈타인의 황홀』에 대한 한 인터뷰에서 이 작품을 "탈인격, 비인격성에 대한 것"이라고 말했다. 이런 관점에서 우리는 『부영사』의 후반부를 길게 채우는 장-마르크 드 아슈와 안-마리 스트레테르의 기이한 관계가 왜 사랑으로 수식되는지 어렴풋이 이해하게 된다. 또한 안-마리와 주변 연인들의 개인적 특성을 초탈한 관계의 본질을 다른 각도로 볼 수 있게 된다. 소유의 대상이나 개별적인 인격의 특성으로 각인된, 현대의 신화가 된 개인주의적 사랑의 개념을 뒤엎는 뒤라스 고유의 사랑의 개념은『사랑』에서 가장 극단적으로 표현되어 있다.

S. 탈라 해변을 배회하는 이름 없는 그, 그녀, 광인, 롤, 리처드(슨), 안-마리…… 그 누구여도 상관없다. 그 이름이 무엇이건 이들의 토막 난 대화, 기억의 조각들, 서로를 바라보고 침묵하고 잠드는, 그러다가 상기하는, 이미 사건이 연소되어버린 과거 사랑의 상태에 대한 거두절미한 추억의 파편들……『사랑』의 인물들은 뒤라스가 말하고자 한 비인격의

상태를 현현한다. 그들은 모두 광인을 닮았다. 해변을 배회하는 탈인격화된 인물들 속에서 우리는 가장 극단적 상태에 다다른『부영사』의 걸인 소녀를 다시 만난다.

『롤 V. 슈타인의 황홀』에서 구체적으로 천착되기 시작한 이 탈인격적 사랑은 점차 사건 없이, 부영사의 안-마리에 대한 사랑처럼 만남 없이도 가능하며 익명의 보편적 타자들을 향한다. 18세의 롤 V. 슈타인은 18세 유대인 소녀「오렐리아 슈타이너」(1979)가 된다. 그녀는 파리에서, 멜버른에서, 밴쿠버에서, 지구의 사방에서 우리를 향해, 익명의 당신들을 향해 지금도 쓰고 있다.

"나는 모든 힘을 다해 당신을 사랑합니다. 나는 당신을 모릅니다."

이 전언에서, 우리는 다시 한번, 무도장에서 쫓겨나는 장-마르크 드 아슈의 안-마리를 향한 외침을 듣는다.


뒤라스의 작품들에서 사랑은 하나의 존재론, 인간론으로 자리 잡는다. 뒤라스적 사랑은 현대가 겪고 있는 깊은 고통, 죽음과 이별과 전쟁 그리고 여전히 그녀에게 생생한 홀로코스트…… 같은 잊기 힘든 존재의 파국들에 대한 고뇌의 성찰이자, 파괴되어가는 세계에 대해 가장 구체적이며 급진적으로 제안된 대안이 된다.

# 작가 연보

1914 프랑스령 인도차이나(현재의 베트남) 남부 코친차
     이나의 지아딘에서 2남 1녀 중 막내로 출생. 본명은
     마르그리트 도나디외Marguerite Donnadieu. 아버지는
     수학 교사, 어머니는 초등학교 교사.

1918 아버지 사망.

1924 프놈펜, 빈롱, 사덱에 거주.
     어머니가 프레이 놉(캄보디아)의 땅을 사들였으나
     불모지로 밝혀짐.

1930 사이공에서 리요테이 기숙학교 재학.

1932~33 바칼로레아를 치른 뒤, 프랑스에 영구 귀국. 소르본
     대학에서 수학·법학·정치학 공부.

1937 식민성 근무.

1939 로베르 앙텔름과 결혼.

1940~42 첫아이 사망.
     중일전쟁 중 작은오빠 사망.
     갈리마르 출판사에 근무하는 디오니스 마스콜로를

만남.

1943    마르그리트 뒤라스라는 필명으로 첫 소설 『철면피
        들 *Les impudents*』출간.
        파리 6구역 생브누아 5번지에 정착.
        장 주네, 조르주 바타유, 앙리 미쇼, 모리스 메를로-
        퐁티, 르네 라이보비츠, 에드가 모랭 등과 교류.
        로베르 앙텔름, 디오니스 마스콜로와 함께 '국제전
        쟁포로해방기구'에 가입. 모를랑(프랑수아 미테랑)과
        함께 레지스탕스 활동.

1944    『조용한 삶 *La vie tranquille*』출간.
        로베르 앙텔름이 체포되어 부헨발트 강제수용소에,
        이어서 다카우 강제수용소에 수용됨.
        공산당 가입.
        전쟁 포로, 강제수용자들에 관한 정보를 수집하여
        신문 『리브르』발행.

1945    로베르 앙텔름 귀환.
        로베르 앙텔름과 함께 위니베르 출판사를 설립하
        고, 에드가 모랭의 『독일 영년零年』『생-쥐스트 작
        품집』출간.

1946    로베르 앙텔름과 이혼.

1947    아들 장 마스콜로 출생.
        위니베르 출판사에서 로베르 앙텔름의 『인류』출간.

1950   『태평양을 막는 방파제*Un barrage contre le pacifique*』출간.
       공산당에서 제명당함.

1952   『지브롤터의 선원*Le marin de Gibraltar*』출간.

1953   『타키니아의 작은 말들*Les petits chevaux de Tarquinia*』
       출간.

1954   『숲속의 나날*Des journées entières dans les arbres*』출간.

1955   『작은 공원*Le square*』출간.

1957   디오니스 마스콜로와 결별.

1958   『모데라토 칸타빌레*Moderato cantabile*』출간.

1959   『센에우아즈 고가 다리*Les viaducs de la Seine-et-Oise*』출간.
       모리스 블랑쇼와 교류.

1960   메디치 상 심사위원에 위촉됨.
       시나리오『히로시마 내 사랑*Hiroshima mon amour*』
       『여름밤 열 시 반*Dix heures et demie du soir en été*』출간.

1961   제라르 자를로와 공동 작업으로 시나리오『그토록
       오랜 부재*Une aussi longue absence*』출간.

1962   『앙데스마 씨의 오후*L'après-midi de monsieur Andesmas*』
       출간.

1964   『롤 V. 슈타인의 황홀*Le ravissement de Lol V. Stein*』출간.

1966   『부영사*Le vice-consul*』출간.

1966   폴 스방과 공동 작업으로 영화「라 뮈지카*La Musica*」
       감독.

1967 『영국 애인*L'amante anglaise*』출간.

1968 『영국 애인』을 희곡으로 출판.

5월 혁명에 참여.

1969 『파괴하라, 그녀는 말한다*Détruire, dit-elle*』출간.

1970 『아반, 사바나, 다비드*Abahn, Sabana, David*』출간.

1971 『사랑*L'amour*』출간.

1973 희곡, 시나리오『인디아 송*India song*』『갠지스강의 여인*La femme du Gange*』출간.

1974 그자비에르 고티에와의 대담집『이야기하는 여인들*Les parleuses*』출간.

1975 영화「인디아 송」이 칸 영화제에서 예술과 비평 부문 수상.

1976 『숲속의 나날』로 장 콕토 상 수상.

1977 「화물차Le camion」『에덴 시네마*L'eden cinéma*』, 미셸 포르트와 공동 작업으로『마르그리트 뒤라스의 거처들*Les lieux de Marguerite Duras*』출간.

1980 『복도에 앉은 남자*L'homme assis dans le couloir*』『80년 여름*L'été 80*』『녹색 눈동자*Les yeux verts*』출간.

38세 연하의 얀 앙드레아와 만남.

1981 캐나다, 미국, 이탈리아로 인터뷰 여행.

『아가타*Agatha*』『아웃사이드*Outside*』출간.

1982 파리 근교 뇌이의 아메리칸 병원에서 알코올 의존

증 치료.

『대서양의 사나이*L'homme atlantique*』『사바나 베이
*Savannah bay*』『죽음에 이르는 병*La maladie de la mort*』
출간.

1984 『연인*L'amant*』 출간. 공쿠르 상 수상.

1985 『고통*La douleur*』『체호프의 갈매기*La mouette de Tchekov*』
출간.
『리베라시옹』지에 기고한 글로 페미니즘 논쟁을 불
러일으킴.

1986 『파란 눈 검은 머리*Les yeux bleus cheveux noirs*』『노르
망디 해안의 창녀*La pute de la côte Normande*』 출간.
『연인』으로 리츠-파리-헤밍웨이 상 수상.

1987 『에밀리 엘*Emily L.*』『물질적 삶*La vie matérielle*』
출간.

1988~89 심각한 혼수상태로 입원.

1990 『여름비*La pluie d'été*』 출간.
로베르 앙텔름 사망.

1991 『북중국에서 온 연인*L'amant de la Chine du Nord*』 출간.

1992 『얀 앙드레아 슈타이너*Yann Andréa Steiner*』 출간.

1993 『글쓰기*Écrire*』『외부 세계*Le monde extérieur*』 출간.

1995 『이게 다예요*C'est tout*』 출간.

1996 3월 3일 자택에서 사망.